Pfiffige Rezepte für kleine und große Leute

Mag. Ingeborg Hanreich, IBCLC
Dipl. oec.troph. Britta Macho

3. überarbeitete und ergänzte Auflage

VIH VERLAG I. HANREICH

Danke aus ganzem Herzen...

.... allen Leserinnen und Lesern unserer Bücher über Säuglings- und Kleinkinderernährung, die immer wieder nach den Folgebüchern gefragt haben.

... unseren Familien, die uns so tatkräftig beim Ausprobieren der Rezepte und Lektorieren der Texte geholfen haben – insbesondere Manfred, der sich zusätzlich unserer EDV-Probleme angenommen hat, Lotte, die mehrfach unser „Rettungsengel" gewesen ist, und Lilly, die mich bei allen Überarbeitungen so liebevoll unterstützt hat.

... den vielen Freunden, die immer wieder zeigten, dass wir auf sie zählen können: Mag. Gerlinde Härting, Mag. Karl Kriebel, Bernd Hagg, Mag. Susanne Krumpholz, Mag. Karin Anninger, Dr. Evelyn Spivey-Krobath, Ursula Pirker, Mag. Elisabeth und Mag. Gerhard Illnar, Gundi Dunkl, Anita Gärtner, Gabi Blaschke, Mag. Bettina Furchheim, Dr. Christoph Auner und all den anderen, die uns in Gesprächen Ansporn gaben und uns beim Ausprobieren der Rezepte „mit Kind und Küche" halfen.

Wichtiger Hinweis:
Die Empfehlungen dieses Buches entsprechen den ernährungswissenschaftlichen und haushaltswissenschaftlichen Kenntnissen bei Fertigstellung des Werkes. Es basiert auf aktuellen Empfehlungen des Forschungsinstitutes für Kinderernährung Dortmund und der Ernährungskommission der Österreichischen Gesellschaft für Kinderheilkunde. Wissenschaft entwickelt sich jedoch weiter! Das bedingt das Entstehen von abweichenden Meinungen einzelner Wissenschafter. In Zweifelsfällen sprechen Sie bitte immer mit Ihrem Arzt oder einer Ernährungswissenschafterin.

Noch ein Hinweis:
Ich bitte um Verständnis, dass ich aus Platzgründen im Text von Ihrem Arzt spreche und dabei gedanklich auch Ihre Ärztin einbeziehe, während ich Ernährungswissenschafterin und Diaetologin verwende, ohne die männlichen Kollegen ausschließen zu wollen.

Text:	Mag. Ingeborg Hanreich, IBCLC
Rezepte:	Dipl. oec.troph. Britta Macho
	Mag. Ingeborg Hanreich, IBCLC
Grafik und Layout:	Atelier Kriebel
Fotos:	Dieter Brasch, Gerhard Enzi
Film und Druck:	Ueberreuter Buchproduktion

Der Umwelt zuliebe gedruckt auf chlor- und säurefrei gebleichtem Papier.

1. Auflage 1998
2. überarbeitete und ergänzte Auflage 2001
3. überarbeitete und ergänzte Auflage 2006

ISBN 3-901518-01-0
ISBN 978-3-901518-01-0

Verlag und Vertrieb in Österreich: Mag. Ingeborg Hanreich, Esterhazygasse 7/2, A-1060 Wien, Tel.: (+43 1) 504 28 29-1, Fax: (+43 1) 504 28 29-4, E-Mail: office@kinderkost.com, Internet: http://www.kinderkost.com

Vertrieb in Deutschland: Dipl. oec.troph. Ehrentraud Hansen, Maasbüllhof 1, D-24975 Maasbüll, Tel.: (+49 4634) 93 04 55, Fax: (+49 4634) 17 25, E-Mail: ehrentraud.hansen@kinderkost.com, Internet: http://www.kinderkost.com

Vertrieb in der Schweiz: Sonja Schär, Mütter- und Väterberaterin, Lohstrasse 22, CH-8362 Balterswil, Tel.: (+41 71) 971 49 77, Fax: (+41 71) 971 49 76, E-Mail: sonja.schaer@kinderkost.com, Internet: http://www.kinderkost.com

Für Max & Thias
und alle Kinder, denen unsere Gerichte
„soooo gut“ schmecken.

INHALT

PIKANTE HAUPTGERICHTE

FISCH

BEILAGEN

SAUCEN

SÜSSE GERICHTE

KUCHEN

ANHANG

„Rezeptbücher gibt es doch so viele…"

Rezeptbücher gibt es viele, sogar einige speziell für Kleinkinder und Vorschulkinder. Die bunt illustrierten Bände lassen einem beim Durchblättern das Wasser im Mund zusammenlaufen. Doch angesichts der schön verzierten Gerichte wird praxiserfahrenen Müttern klar, dass zum Nachkochen eine Riesengeduld und ein enormes Zeitbudget Voraussetzung sind.

Wo also sind die einfachen und rasch zubereiteten „kindertauglichen" Speisen, die…

… ab dem 1. Geburtstag verwendet werden können und auch großen Leuten gut schmecken? Für den Umstieg vom 10. bis 14. Lebensmonat finden Sie ca. 30 Rezepte in unserem Buch „Rezepte und Tipps für Babys Beikost" (☞ Weiterführende Literatur), die auch für die Familie abgewandelt werden können.

… für „frischgebackene" Familienköchinnen genauso geeignet sind wie für Profis in Zeitnot?

… vorbereitet werden und bei denen Sie die Zeitschaltautomatik Ihres Herdes nutzen können, sodass Sie Zeit gewinnen?

… auch „aus der Vorratstruhe" zu zaubern sind?

… in den Portionsgrößen auf Familien mit Kleinkindern abgestimmt sind?

… den individuellen Wünschen und „Phasen" des Kindes genauso angepasst werden können wie saisonalen Angeboten?

… der kindlichen Neugierde und der Lust, mit den Händen zu essen entgegenkommen?

… eine hochwertige Alternative und Ergänzung zum Essen im Kindergarten und für unterwegs bieten, aber nicht als „Körndlfutter" oder „Exotenessen" abgestempelt werden?

…sinnvolle Variationen zu traditionellen Rezepten liefern und so die Lieblingsspeisen von Klein und Groß (Pizza, Burger oder Palatschinken) zu einem vollwertigen Essen werden lassen?

Wir haben solche Rezepte gesammelt, um sie Ihnen und allen Leserinnen und Lesern, die uns in den letzten Jahren immer wieder um praktische Tipps gebeten haben, zur Verfügung stellen zu können. So ist dieses Buch – mit einer breiten Auswahl an Gerichten für Frühstück, Jause, Hauptspeisen und Beilagen – entstanden.

Viel Spaß beim Ausprobieren und beim Experimentieren mit neuen Variationen!

Gebrauchsanweisung

Nicht nur für technische Geräte braucht man eine Gebrauchsanleitung, auch unser Rezeptbuch kommt um folgende kleine, aber wichtige Hinweise nicht herum:

So finden Sie, was Sie suchen!

Der seitliche Buchlauf hilft Ihnen, die einzelnen Kapitel (Frühstück und Jause, Brote, Milch- und Fruchtspeisen, Getränke, Rohkost, Aufstriche für zu Hause und unterwegs, Brote selbst gemacht, Suppen, Pikante Hauptgerichte, Fisch, Beilagen, Saucen, Süße Gerichte und Kuchen) rasch zu finden. Nach einzelnen Rezepten, zu denen auch unser Fingersymbol ☞ verweist, suchen Sie am besten in unserem Inhaltsverzeichnis.

Merkmale	**Bedeutung**
für Kinderköche geeignet	Kinder können kleinere Handgriffe beitragen, z.B. das Belegen einer Pizza. So wird die Akzeptanz einzelner Speisen erhöht.
für Gemüse-Essmuffel für Obst-Essmuffel	Hier wird Gemüse/Obst derart in die Speisen integriert, dass viele Kinder, die Gemüse/Obst normalerweise verweigern, doch gerne zugreifen.
für Feste	Rezepte, die bei Kinderfesten gut ankommen.
zum Tiefkühlen geeignet	Ganze Speisen und vorbereitete Teile (z.B. der Teig) können auf Vorrat tiefgefroren werden.
vitaminreich mineralstoffreich eisenreich ballaststoffreich kalziumreich	Diese Bezeichnungen weisen auf spezielle, wichtige Inhaltsstoffe der Speisen hin.
vielseitig einfach & rasch vorbereitbar	Damit werden Zubereitungeigenschaften hervorgehoben.

Das Schlagwortverzeichnis im Anhang enthält die wichtigsten Zutaten der Speisen, sodass Sie schnell beispielsweise alle Gerichte mit Topfen herausfinden können, sollten Sie eine Packung Topfen verwerten wollen. Wenn Sie z.B. unter Zeitdruck eine größere Menge an Paprika oder einer anderen Gemüsesorte verarbeiten müssen, empfiehlt es sich immer, zusätzlich unter dem Schlagwort „Gemüse" zu suchen, weil in manchen Rezepten die Gemüsesorten austauschbar sind.

Neben Querverweisen zu speziellen küchentechnischen Begriffen finden Sie im Schlagwortverzeichnis auch alle „Merkmale" unserer Rezepte.

Im Anhang finden Sie im Adressverzeichnis Institutionen, die Ihnen Hilfestellung bei Einkauf, Zubereitung oder Zusammenstellung der Nahrung geben können, sowie das Abkürzungsverzeichnis.

Köchinnen und Köche, die nicht „Österreichisch" als Muttersprache haben und daher über einzelne Begriffe stolpern, möchten wir gerne auf unser „Österreichisch-Deutsches Wörterbuch" im Anhang aufmerksam machen.

Folgende 4 Symbole können unmittelbar bei unseren Rezepten stehen:

Serviervorschläge — Warnhinweise

Variationen — Informatives

Hier finden Sie Serviervorschläge, wie Sie die Speisen anrichten oder welche Beilagen oder Saucen Sie dazu servieren können.

Zur Unterstützung sind Vorschläge für Variationen angefügt, die nach dem individuellen Geschmack Ihres Kindes bzw. Ihrer Familie und nach dem saisonalen Angebot ausgewählt werden können.

Vereinzelt enthalten Rezepte klar ersichtliche Warnhinweise, die berücksichtigt werden müssen! Manche Rezepte sind z.B. für Kinder im 2. Lebensjahr noch nicht geeignet, weil rohes Getreide enthalten ist oder weil sich die Kinder an ganzen Nüssen verschlucken könnten. Lesen Sie daher immer das ganze Rezept, bevor Sie zu kochen beginnen!

Wenn es zu den Rezepten Wichtiges über einzelne Inhaltsstoffe, Bestandteile oder Zubereitungsschritte gibt, haben wir informative Hinweise angefügt. Allgemeines und generell zutreffende Tipps befinden sich im folgenden Kapitel.

Beachten Sie die Mengenangaben!

Nun, da Sie für Ihr Kind nicht mehr extra kochen, sondern dieses am Familientisch mitessen kann, müssen Sie die für die Gerichte zusätzlich benötigte Menge abschätzen. Die Mengen, die ein Kind isst, schwanken und sind abhängig von der täglichen Bewegung, von Alter und Größe Ihres Kindes und von evtl. Wachstumsschüben.

Sofern möglich, sind die Mengen in unseren Rezepten deshalb in Stück (z.B. „handtellergroße Laibchen") angegeben. Das vereinfacht das Abschätzen der Speisenmenge für den „großen" oder „kleinen" Hunger. Bei Aufläufen und Kuchen sind die Angaben „für ein Backblech" oder „für eine Tortenform".

Unsere Rezeptangaben „Menge für 4 Portionen" sind Angaben für 2 Erwachsene und 2 „durchschnittliche" Kleinkinder im Alter von 3 bis 6 Jahren. Größere Kinder – speziell solche, die sich sehr viel bewegen – brauchen größere Portionen, kleinere bzw. ruhigere Kinder brauchen weniger.

Familiengerichte abwechslungsreich ergänzen!

Viele Kinder könnten sich tagtäglich von ihrem Lieblingsgericht ernähren, wenn sie die Wahl hätten. In der Praxis zeigt sich immer wieder, dass gänzliche Neuerungen in der gewohnten Ernährung auch bei anderen Familienmitgliedern auf Widerstand stoßen. Wir haben deshalb bewusst auf trockene Körndlkost verzichtet, die vielerorts schon in der „Testphase" scheitert. Mit einigen vollwertigen Menükomponenten (Hauptspeisen, Beilagen, Salaten, Suppen etc.) lassen sich bewährte Familienrezepte gut kombinieren. So können Sie eine abwechslungsreiche und vollwertige Kost schmackhaft machen.

Die gängige Küche bietet normalerweise zu viele Fleischgerichte und zu fettreiches Essen an. Sicher fallen Ihnen aus dem Stegreif einige typische, beliebte Fleischspeisen ein: Würstel, Schnitzel, Gulasch, Schweinsbraten, Fleischlaberln. Zur Ergänzung finden Sie in unserer Rezeptsammlung hauptsächlich schnell zuzubereitende vegetarische Speisen und Ideen für pfiffige Fischgerichte.

Zur Erleichterung des täglichen Kochens hat sich im Alltag ein Wochenspeiseplan bewährt. Durch die Planung sparen Sie Zeit und Geld. Was und wie viel Ihr Kind an einzelnen Nahrungsmitteln pro Woche zum Wachsen und Gedeihen braucht, erfahren Sie in unserem Ernährungsleitfaden „Essen und Trinken im Kleinkindalter" (☞ Weiterführende Literatur).

Als kleine Hilfestellung zum Start haben wir für Sie einen Wochenspeiseplan als Muster zusammengestellt, der übliche kleine Gerichte (z.B. Eierspeise) und Rezepte aus diesem Kochbuch enthält. Natürlich kann er nach persönlichen Vorlieben abgewandelt werden.

„Wochenspeiseplan“

	Montag	Dienstag	Mittwoch
Frühstück	Obstbrot mit warmem Milchgetränk	Müslimischung mit Banane und Joghurt, Früchte- oder Kräutertee	Honigbrot, Apfelscheiben, Früchtetee ode Kräutertee
Jause	Schinken-Gurken-Brot	Topfenweckerl	Joghurt mit Früchten
Mittagessen	Gemüsepizza und Salat	Grillhendl mit Reis und Salat	Gemüselaibche und Erdäpfel-püree, dazu Karottenstifte
Jause	Striezel und Apfel-Orangen-saft	Orangenreis	Gugelhupf
Abendessen	Schwimu-Brot mit Frischkäse und gehackten Kräutern	einfache Gemüsecreme-suppe mit Vollkornbrot	Maisbrot mit Käse und rotem Paprika

Sie können den Speiseplan jederzeit mit zusätzlichem Obst und Gemüse
ungesüßten Tee und mit Wasser aufgespritzte Obst- oder Gemüsesäfte

Donnerstag	Freitag	Samstag	Sonntag
Maisbrot mit „Kaltgerührter Marmelade" und warmem Milchgetränk	Knäckebrot-müsli mit Birne und Milch, Früchtetee oder Kräutertee	Semmel mit Marmelade und warmem Milchgetränk	Topfenbrot mit Obst, Früchte- oder Kräutertee
Gugelhupf	Karotten-Apfel-saft und Voll-kornkekse	Vollkornbrot mit Apfel-Karotten-Rohkost	Vanillejoghurt
Spinatpudding mit Kräuter-sauce	Fischgulasch mit Nockerln	Erdäpfelkuchen vom Blech	Naturschnitzerl mit Erbsenreis
Gurken-Butter-milch-Drink	Gemüsestreifen mit Dip	Banane mit Schokolade-sauce	Apfelkuchen
Schwimu-Brot mit Putenextra, dazu Kohlrabi-stifte	Vollkornbrot mit Erdäpfelkas, Salat	Eierspeise mit Brot und frischen Kräutern	Vollkornbrot mit Kräuter-Mandel-Butter, dazu Paradeiser

. Als weitere Getränke empfehlen wir Wasser, Mineralwasser,

Tipps für die Zubereitung

Damit aus Lebensmitteln Speisen werden, sind im Haushalt viele Arbeitsschritte nötig. Diese reichen vom Einkauf, über die Lagerung und Verarbeitung der Nahrungsmittel bis zum Anrichten der fertigen Speisen. Hier ein paar Tipps, die Sie dabei beachten sollten:

Augen auf beim Einkauf!

Legen Sie eine gewisse Grundausstattung an Lebensmitteln an und überprüfen Sie Ihr Lager vor jedem Großeinkauf. Eine Checkliste kann Ihnen dabei gute Dienste leisten. Sie können viele frische Zutaten auch in größeren Mengen einkaufen und tiefkühlen (z.B. Butter, Brot, Kräuter, Gemüse, Obst, Wurzelwerk, Fischfilets und Fleisch). Beachten Sie die saisonalen und regionalen Angebote (☞ Saisonkalender).

Beraten Sie sich einmal in der Woche mit Ihren Lieben über den Wochenspeiseplan für die kommende Woche. Sie sparen dadurch Zeit und Geld und die Vorlieben und Wünsche eines jeden können zumindest einmal berücksichtigt werden.

Beim Einkauf der Lebensmittel ist auf beste Qualität – besonders auf Frische – zu achten. Kontrollieren Sie auf dem Etikett das Mindesthaltbarkeitsdatum, das Ihnen einen Hinweis auf die Frische des Produktes liefert. Speziell bei leicht verderblichen Produkten (z.B. Frischmilch, Fleischwaren etc.) ist dies wichtig. Keinesfalls sollten Sie Waren mit abgelaufenem Haltbarkeitsdatum kaufen.

Kaufen Sie kein welk aussehendes Gemüse! Wenn Sie abgepacktes Obst oder Gemüse kaufen, gilt es zu beachten, dass die Unterseite vereinzelt von Schimmel befallen sein kann. Verschimmelte Lebensmittel gehören zur Gänze entsorgt, denn die „Wurzel" des Schimmels reicht viel weiter in ein Lebensmittel hinein als der sichtbare Schimmelpilz.

Vermeiden Sie den Einkauf von Obst und Gemüse in der Nähe stark befahrener Straßen, da dies die Gefahr einer höheren Schadstoffbelastung mit sich bringt. Bevorzugen Sie beim Einkauf biologische Lebensmittel. Sie sind in der Regel zwar etwas kleiner, aber geschmacklich besser. Zusätzlich betreiben Sie beim Kauf biologischer Waren aktiven Umweltschutz. Achten Sie dabei auf das BIO-Kontrollzeichen und auf eine Kennzeichnung durch anerkannte BIO-Verbände (z.B. Demeter, Ernte, Bioland).

Das Etikett liefert Ihnen auch andere wichtige Informationen. So erlaubt Ihnen erst die Angabe der Füllmenge einen fairen

Preisvergleich. Dabei wird auch deutlich, wie viel umweltbelastende Mogelverpackung verwendet wurde.

Der Auflistung der Zutaten am Etikett können Sie einiges entnehmen, denn Zutatenlisten beginnen immer mit den Hauptbestandteilen. Sie können also aus der Reihenfolge schließen, welche Zutaten besonders stark vertreten sind. Gewürze und Zusatzstoffe (z.B. Farbstoffe, zugesetzte Vitamine oder Aromen) stehen am Ende der Liste.

Kaufen Sie keine Waren, die Verpackungsfehler aufweisen, sie könnten schon verdorben sein. Ähnliches gilt für Dosen, bei denen sich Boden oder Deckel nach außen wölben. Es könnten sich Botulismusbakterien darin befinden, die sehr schwere Vergiftungen auslösen können.

Verderbnis kann auch durch Schädlinge (z.B. Motten) entstehen. Die meisten Schädlinge werden von außen eingeschleppt. Achten Sie beim Einkauf von Getreideerzeugnissen, Backzutaten wie Nüssen, Rosinen oder Trockenobst sowie Gewürzen deshalb besonders auf Anzeichen von Schädlingsbefall. Wenn im Mehl Spinnfäden oder beim Blick in die Müslipackung versponnene Klumpen zu sehen sind, ist dies ein sicheres Zeichen für den Befall.

Beim Kauf von tiefgekühltem, losem Mischgemüse sollten Sie die Packung zur Probe sanft schütteln. Gemüse, das in der Packung aneinander klebt und nicht mehr raschelt, ist schon einmal angetaut und nicht mehr von bester Qualität. Dieser Test funktioniert natürlich nicht bei Tiefkühlspinat und tiefgekühlten Eintopfgerichten. Schnee- und Saftspuren weisen ebenfalls auf die Unterbrechung der Kühlkette hin.

Wenn Sie tiefgefrorene Produkte kaufen, sollten Sie diese am Schluss des Einkaufs in den Warenkorb legen. Wickeln Sie Tiefkühlprodukte für den Transport in Zeitungspapier oder transportieren Sie sie in einer Kühltasche und legen Sie sie sofort nach dem Einkauf in die Tiefkühltruhe, wenn Sie sie nicht gleich verwenden.

Falls Sie nach dem Einkauf mehr als 1 Stunde unterwegs sind, sollten Sie auch Fleisch, Fleischwaren und Milchprodukte in einer Kühltasche verstauen.

SAISONKALENDER FÜR ÖSTERREICH

■ reif in Österreich

▒ österr. Lagerware

	Jan	Feb	Mär	Apr	Mai	Jun	Jul	Aug	Sep	Okt	Nov	Dez
Apfel	▒	▒	▒	▒			■	■	■	■	▒	▒
Banane	▒	▒	▒	▒	▒	▒	▒	▒	▒	▒	▒	▒
Birne	▒	▒					■	■	■	■	▒	▒
Broccoli						■	■	■	■	■		
Chinakohl	▒	▒								■	■	▒
Erbsen						■	■	■				
Erdäpfel	▒	▒	▒	▒	▒	■	■	■	■	■	▒	▒
Erdbeere					■	■	■	■				
Fenchel						■	■	■	■	■		
Fisolen						■	■	■	■			
Grüner Salat				■	■	■	■	■	■	■	■	
Gurke						■	■	■	■			
Heidelbeere							■	■				
Holler/Holunder									■	■	■	
Karfiol						■	■	■	■	■		
Karotte	▒	▒	▒	▒	▒	■	■	■	■	▒	▒	▒
Kirschen						■	■					
Kohlrabi				■	■	■	■	■	■	■		
Kürbis							■	■	■	■	▒	▒
Mangold				■	■	■	■	■	■	■	■	
Marille							■	■				
Lauch	■	▒	▒	▒	▒	■	■	■	■	■	■	■
Paprika						■	■	■	■	■		
Paradeiser						■	■	■	■	■		
Pastinake	▒	▒	▒	▒					■	■	▒	▒

	Jan	Feb	Mär	Apr	Mai	Jun	Jul	Aug	Sep	Okt	Nov	Dez
Pfirsich												
Radieschen												
Ribisel												
Rote Rüben												
Sellerie												
Spinat												
Stachelbeere												
Vogerlsalat												
Walnuss												
Weintrauben												
Zucchini												
Zwetschke												
Zwiebel												

Quelle: nach Bio-Info, Österreich

Einen Saisonkalender für die Schweiz finden Sie unter:
www.coop.ch., www.bionetz.ch oder www.knorr.ch

SAISONKALENDER FÜR DEUTSCHLAND

■ überwiegend aus einheimischem Freilandbau

▒ Monate starker Angebote

	Jan	Feb	Mär	Apr	Mai	Jun	Jul	Aug	Sep	Okt	Nov	Dez
Apfel	▒	▒	▒	▒				■	■	■	■	▒
Aprikose						▒	■	■				
Banane	▒	▒	▒	▒	▒	▒	▒	▒	▒	▒	▒	▒
Birne							▒	■	■	■	■	
Blaubeeren							■	■				
Blumenkohl			▒	▒	▒	■	■	■	■	■	▒	
Broccoli						■	■	■	■	■		
Chinakohl	▒	▒	▒					■	■	■	■	
Erbsen					▒	■	■	■				
Erdbeeren					■	■	■					
Fenchel							▒	▒	■	■	▒	
Gelbe Rübe	▒	▒	▒	▒	▒	■	■	■	■	■	▒	▒
Grüne Bohnen					▒	■	■	■	■	■		
Holunder									■	■		
Johannisbeeren						■	■	■				
Kartoffeln	▒	▒	▒	▒	▒	■	■	■	■	■	▒	▒
Kirschen, süß						■	■	■				
Kohlrabi					■	■	■	■	■	■		
Kopfsalat				▒	■	■	■	■	■	■		
Kürbis								▒	■	■	■	▒
Mangold						■	■	■	■			
Möhre	▒	▒	▒	▒	▒	■	■	■	■	■	▒	▒
Paprika						▒	■	■	■	■	▒	
Pastinake								■	■	■	▒	
Pfirsich						▒	▒	■	■	■		

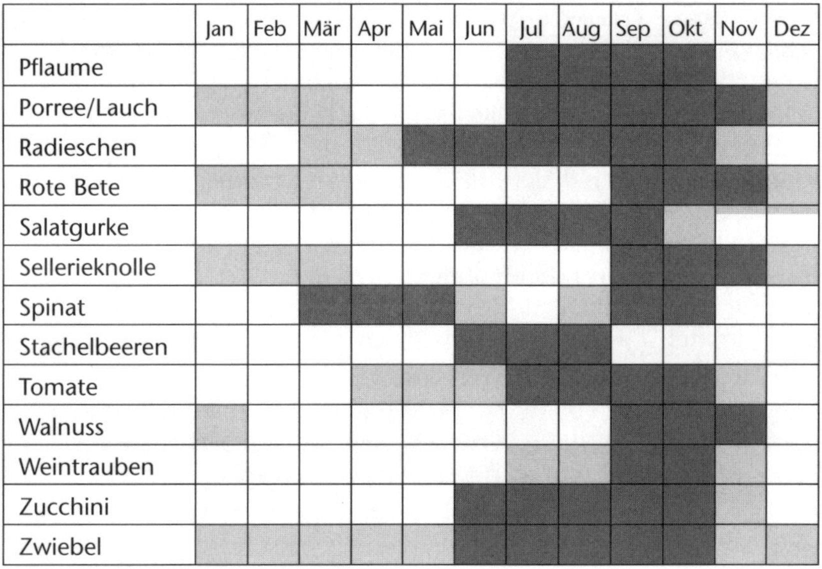

Quelle: nach aid infodienst

Lebensmittel richtig lagern!

Haben Sie beim Einkauf qualitativ hochwertige Lebensmittel gefunden, gilt es nun, diese so schonend zu lagern, dass sie nicht verderben und möglichst viele Vitamine erhalten bleiben. Schlichten Sie neue Vorräte immer nach hinten ins Regal und verbrauchen Sie zuerst die älter Ware.

Lagern Sie Getreide, Getreideprodukte und Hülsenfrüchte bei Zimmertemperatur trocken und lichtgeschützt. Füllen Sie Hirse, Buchweizen, Polenta und sonstige Getreideprodukte in dicht schließende Behälter aus Glas, Metall oder Kunststoff um, da Papier- oder Folienverpackungen keinen ausreichenden Schutz vor Schädlingen bieten. Kontrollieren Sie die Lebensmittel regelmäßig auf etwaigen Schädlingsbefall. Schädlinge bringen sehr häufig Krankheitserreger mit sich, die ☞ Lebensmittelinfektionen und -vergiftungen verursachen können. Lebensmittel und fertige Speisen müssen deshalb zu jeder Zeit vor der Übertragung von Keimen durch Insekten, Nager und durch andere Tiere geschützt werden. Getreide und Getreideprodukte sind besonders gefährdet, aber praktisch alle Lebensmittel – außer Salz und reinen Fetten – können Schädlinge beherbergen.

❗ Befallene Lebensmittel dürfen nicht mehr verzehrt werden, sie sollten auch nicht an Haustiere verfüttert werden. Verpacken Sie befallene Lebensmittel dicht und werfen Sie sie sofort weg!

Durchsuchen Sie den gesamten Vorratsschrank gründlich und reinigen Sie auch schwer zugängliche Ritzen und Ecken mit dem Staubsauger.

Kleinere Mengen Gemüse lagern am besten im Gemüsefach des Kühlschrankes. Dadurch werden die Reifung und der Verderb von Gemüse oder Obstsorten verzögert. Kälteempfindliche Gemüsearten (z.B. Paradeiser, Gurken, Zucchini) werden im Kühlschrank in der Gemüselade (mit luftdichter Verpackung) bei 5 bis 12 °C aufbewahrt. Südfrüchte (z.B. Bananen, Zitrusfrüchte), Brot und Speiseöl gehören nicht in den Kühlschrank.

Unreife Gemüse- oder Obstsorten (z.B. Paradeiser, Avocados, Bananen), deren Reifung man beschleunigen möchte, können bei Raumtemperatur gelagert werden. Lange lagerfähiges Obst und Gemüse (z.B. Äpfel, Wurzelgemüse, Erdäpfel und Zwiebel) werden am besten trocken, kühl (bei 8 bis 12 °C) und dunkel gelagert. Wenn Sie einen feuchten Keller (Vorratskeller) besitzen, können Sie im Herbst größere Mengen Karotten oder Rüben in einer Kiste mit Sand lagern, sie halten sich dadurch monatelang frisch.

Empfindliche Lebensmittel (Milchprodukte, Eier und Fleischwaren) und fertige Speisen sind für wenige Tage im Kühlschrank gut aufgehoben. Geben Sie jedes Lebensmittel an seinen richtigen Platz im Kühlschrank.

Legen Sie Geflügel, Fisch und Eier möglichst isoliert in den Kühlschrank, um die Gefahr einer ☞ Lebensmittelvergiftung (z.B. durch Salmonellen) zu verhindern! Frischen Fisch sollten Sie nicht länger als 24 Stunden und max. bis +2 °C (im hinteren, meist unteren Bereich des Kühlschranks) aufbewahren.

Frischfleisch geben Sie am besten gleich nach dem Einkauf in einem verschließbaren Gefäß (z.B. aus Glas, Plastik oder Porzellan) in den kältesten Bereich des Kühlschranks (zwischen 0 °C und +4 °C). Verarbeiten Sie Faschiertes unbedingt noch am gleichen Tag oder frieren Sie es tief. Vakuumverpacktes Fleisch sollten Sie ca. 1 Stunde vor der Zubereitung aus der Folie nehmen und im Kühlschrank auslüften lassen, damit die Luft an die Zellen gelangen kann und so die Fleischfarbe wieder schön rot wird.

Fertige Speisen sollen nicht lange warm gehalten werden. Will man sie längere Zeit aufbewahren, so sind sie möglichst rasch abzukühlen und gekühlt max. 1 bis 2 Tage zu lagern. Sie können auch über einen längeren Zeitraum bei –18 °C tiefgefroren werden. Beim Tieffrieren werden empfindliche Vitamine (z.B. Vitamin C) in einem Monat weniger stark abgebaut als bei eintägiger Aufbewahrung im Kühlschrank.

Lassen Sie fertige Gerichte nicht lange offen stehen, denn Fliegen können Bakterien auf die Speisen verschleppen.

Lebensmittelhygiene zahlt sich aus!

Nicht nur in Großküchen führen Hygienefehler zur Vermehrung und Ausbreitung von Bakterien. Auch im Haushalt kann mangelnde Hygiene dazu führen, dass Lebensmittel vorzeitig verderben und sodann Krankheiten verursachen können. Diese ☞ Lebensmittelvergiftungen (z.B. Campylobacter oder Salmonellen) stellen für Ihre Kinder nicht nur eine große Belastung dar, sondern führen auch dazu, dass Ihr Kind den Kindergarten oder die Vorschule für längere Zeit nicht besuchen darf. (Meldepflicht beim Gesundheitsamt!) Der Verein „Informationskreis Kind und Ernährung" hat ein Merkblatt zum Thema Lebensmittelvergiftungen im Kleinkindalter herausgebracht (☞ Adressverzeichnis).

Beherzigen Sie die folgenden Punkte und beugen Sie Lebensmittelvergiftungen vor:

• Waschen Sie Geschirrtücher in kurzen Zeitabständen bei heißen Temperaturen und wechseln Sie Putzlappen und Schwämme häufig. Verwenden Sie Papiertücher für die Reinigung stark verschmutzter Arbeitsflächen. Benutzen Sie nur saubere und einwandfreie Bürsten und verwenden Sie eine extra Gemüsebürste zur Reinigung von Lebensmitteln.

• Reinigen Sie Maschinen, Arbeitsflächen und Messer sofort nach Benutzung mit heißem Wasser und Reinigungsmittel, denn Lebensmittelreste und Verunreinigungen trocknen an und lassen sich dann nur schwer entfernen. Sie bilden unsichtbare Keimherde für Bakterien.

• Waschen Sie sich vor jeder Essenszubereitung und vor dem Essen die Hände mit warmem Wasser und mit Seife – vor allem nach dem Besuch der Toilette, nach dem Windelwechseln, nach Gartenarbeiten und nach Tierkontakten.

• Waschen Sie sich auch gründlich die Hände nach dem Naseputzen, wenn Sie verkühlt sind, und vermeiden Sie es, auf Lebensmittel zu husten oder zu niesen. Auch im Nasen- und Rachenbereich von gesunden Menschen finden sich Keime, die auf Speisen gelangen können.

• Haben Sie sich an den Händen verletzt, dann decken Sie die Wunden vor der Essenszubereitung am besten mit einem wasserdichten Pflaster oder einem Gummihandschuh ab.

• Verwenden Sie im Haushalt möglichst Schneidbretter aus Kunststoff, Glas oder Stein und erneuern Sie diese, wenn sie übermäßig zerkratzt sind. Holzbretter sollten immer aus Hartholz sein, mit Essigreiniger gesäubert und immer gut getrocknet werden. Holzbretter quellen bei der Aufnahme von Wasser, und vorhandene Risse in Weichholzbrettern schließen sich. Bakterien können dabei eingeschlossen werden und so eine Reinigung schadlos überstehen. Wenn das Brett trocknet, öffnen sich die Risse, die Bakterien treten aus und gelangen so auf andere Lebensmittel.

• Reinigen Sie Schneidbretter händisch mit Spülmittel, Bürste und heißem Wasser oder in der Spülmaschine. Verwenden Sie getrennte Schneidbretter und Utensilien für rohe Fleischprodukte bzw. Fisch und für die übrigen Lebensmittel. Schneidbretter, Messer, Arbeitsflächen und andere Küchenutensilien sind nach jedem Kontakt mit rohem Fleisch, Geflügel, rohen Eiern und Fisch sofort gründlich mit heißem Wasser und Reinigungsmittel zu waschen.

• Unser Leitungswasser hat Trinkwasserqualität. Dies ist im Ausland nicht überall der Fall! Achten Sie daher in anderen Ländern darauf, zum Kochen und Abwaschen immer Trinkwasser zu verwenden.

Kochwasser: So viel wie nötig, so wenig wie möglich!

Wertvolle wasserlösliche Vitamine und Mineralstoffe werden im Wasser ausgelaugt und gehen so verloren. Deshalb sollen Gemüse und Obst weder in Wasser „eingeweicht" noch unnötig lang unter dem Wasserhahn geschrubbt werden. Dies sollten Sie besonders dann unterlassen, wenn das Gemüse bzw. die Früchte bereits zerkleinert wurden. An den Schnittflächen können nämlich die wertvollen Inhaltsstoffe entweichen. Waschen Sie deshalb kurz, aber gründlich, bevor Sie die Lebensmittel zerkleinern. Nehmen Sie eine ausschließlich für diesen Zweck reservierte Bürste zu Hilfe! Dadurch können Sie oberflächlich anhaftende Schadstoffe und ☞ Spritzmittelrückstände ohne allzu großen Vitaminverlust entfernen.

Gemüse verliert mehr Vitamine und Mineralstoffe, wenn Sie es in viel Wasser kochen. Sie können einen Großteil der Mineralstoffe „retten", wenn Sie das Kochwasser als Suppenbasis verwenden (☞ Cremesuppe).

Sollte dies jedoch nicht möglich sein, so ist Dämpfen angebracht. Im Dampf gegartes Gemüse behält zudem eher seine Farbe. Dabei wird nur ca. 1 cm hoch Wasser in den Topf gegeben und dieser mit einem Deckel verschlossen. Sobald das Wasser erwärmt ist, wird das Lebensmittel hineingelegt – möglichst auf einen Gitterrost, damit keine Vitamine ausgelaugt werden können.

Je weniger Schadstoffe, desto besser!

Unsere Nahrung ist immer stärker mit Schadstoffen belastet. Schadstoffe lassen sich nicht mehr ganz vermeiden, denn Luft und Wasser sind heutzutage keineswegs frei davon. Jeder von uns sollte sich daher bemühen, Schadstoffe in unserer Nahrung und auf unserer Erde zu vermindern. Schließlich hinterlassen wir diesen Lebensraum unseren Kindern.

Ungespritzten Lebensmitteln aus dem eigenen Garten oder vom Biobauern ist der Vorzug zu geben. Nicht jeder hat die finanziellen Mittel, um biologische Lebensmittel kaufen zu können. Deshalb folgen ein paar Tipps, die Sie auf jeden Fall einhalten können: Entfernen Sie Stielansätze (bei Paradeisern, Paprika etc.) besonders sorgfältig! Hier sammeln sich Rückstände vom Regen und von den Spritzmitteln. Schmutz und Schadstoffe (z.B. von Autoabgasen) befinden sich auf den unebenen äußeren Blättern von Salatköpfen oder Kohl. Verwenden Sie diese daher nicht, zumindest nicht für Kleinkinder! Unebene Oberflächen von Obst und Gemüse lassen sich oft schwer reinigen. Im Zweifelsfall ist dünnes Schälen die beste Alternative – dünn deshalb, weil direkt unter der Schale wertvolle Vitamine und Mineralstoffe vorhanden sind.

Nach dem Zerkleinern: Essig oder Zitrone!

Zum Schutz der Vitamine vor dem Sauerstoff der Luft sollten Sie zerkleinerte Rohkost, geschnittenes Obst und zerteilten Salat mit Zitronensaft oder Essigwasser beträufeln. Die darin enthaltene Säure schützt die Lebensmittel davor braun zu werden und erhält das wichtige Vitamin C.

„Deckel drauf!" spart Energie!

Ohne Deckel zu kochen verbraucht ca. dreimal so viel Strom wie das Garen mit Deckel. Außerdem dauert es ohne Deckel viel länger, bis das Essen fertig ist. Schon ein wenige Zentimeter offen gelassener Topf verbraucht die doppelte Menge an Energie als ein Topf mit passendem Deckel. Zu große Töpfe, die unnötigerweise erhitzt werden, sind ebenso „Energiefresser" wie Töpfe, deren Boden kleiner ist als die Herdplatte, sodass „vorbeigeheizt" wird. Bei Elektroherden spielt auch der Topfboden eine wichtige Rolle. Alte, unebene Töpfe verbrauchen ca. 50 % mehr an Energie. Achten Sie daher auf die passende Größe und eine gute Qualität bei Töpfen bzw. Pfannen. Verwenden Sie – außer bei der Zubereitung von Teigwaren, von klarer Rindsuppe und von Knödeln – immer einen Deckel!

Eine weitere Maßnahme, Energie zu sparen, ist das Backen „im nicht vorgeheizten Backrohr". Die einzige Ausnahme ist das Biskuit. Biskuitteig gehört immer in ein vorgeheiztes Backrohr! Bei unseren Rezepten haben wir die Backrohrtemperatur für die Betriebsart Ober- und Unterhitze angegeben. Falls Sie Heißluft verwenden, rechnen Sie ungefähr 20 °C ab. Machen Sie immer eine Garprobe, denn jeder Herd ist ein bisschen anders.

Kurz und knackig – auf die Garzeit kommt es an!

Viele Speisen erhalten erst durch das Erhitzen ihren speziellen Geschmack. Einige Lebensmittel (z.B. Erdäpfel, Holler) sind in rohem Zustand sogar ungenießbar oder giftig. So positiv der Einfluss von Hitze bei der Zerstörung von Giften und bei der Aufschlüsselung der Nährstoffe ist, starkes Erhitzen hat auch einen großen Nachteil. Viele Vitamine sind nicht hitzestabil, sie verflüchtigen sich oder zerfallen in ihre Bestandteile. Einerseits muss deshalb täglich ein Angebot an (fein geriebener) Rohkost, an Obst und Salat eingeplant werden. Andererseits sollten Sie beim Kochen darauf achten, keinesfalls über den Zeitpunkt, an dem das Lebensmittel gar ist, hinaus zu kochen. Zwar muss für kleinere Kinder das Gemüse weich gegart sein, aber schon im 2. Lebensjahr können viele Kinder bissfestes Gemüse und Nudeln „al dente" genießen.

Die Garzeit exakt einzuhalten erfordert ein gewisses Maß an Übung. Zeitschaltuhren und Küchenwecker sind dabei gute Hilfsmittel. Am besten notieren Sie sich mit Bleistift in einem kleinen Büchlein oder direkt zu den Rezepten, wie lange Sie die Zutaten bzw. Speisen gekocht haben und wie das Ergebnis war. Sind beispielsweise die Erdäpfel im Druckkochtopf bei 7 Minuten Garzeit zu hart geblieben, erhöhen Sie die Kochzeit um ca. 1 Minute.

Zeitangaben in Kochbüchern können immer nur Richtwerte sein, da die Garzeit von vielen Faktoren abhängt. Sie variiert zwischen Elektroherd und Gasherd. Größe und Sorte der Erdäpfel spielen eine Rolle. Auch brauchen sie länger, wenn sie in einer Schihütte hoch droben auf den Bergen gekocht werden, denn im „Flachland" ist der Luftdruck und somit der Siedepunkt höher, daher werden Lebensmittel schneller gar.

Je länger die Garzeit und je höher die Gartemperatur, desto mehr Vitamine gehen verloren!

Daher erspart das Garen im Dampfdruckkochtopf zwar Zeit und Energie, weil die Temperatur über 100 °C erreicht und sich die Garzeit dementsprechend verkürzt, aber der Vitaminverlust liegt ähnlich hoch wie beim Dämpfen ohne Druck. Kochen Sie allerdings eine halbe Minute zu lange, wirkt sich das bei den hohen Temperaturen im Druckkochtopf bereits sehr negativ aus. Beachten Sie beim Druckkochen auch, dass bei mehreren Lagen Gargut (z.B. Erdäpfeln) übereinander die unterste Schicht am schnellsten gar ist. Also: große Erdäpfel nach unten, kleinere nach oben schlichten!

Warmhalten vermeiden!

Zum Warmhalten von Speisen ist eine Temperatur von mindestens 65 °C erforderlich. Werden Gerichte bei Zimmertemperatur stundenlang stehen gelassen, führt das häufig zu ☞ Lebensmittelvergiftungen.

Empfindliche Vitamine in einer Speise werden bei hoher Temperatur deutlich schneller zerstört. Auch deshalb sollen fertige Speisen möglichst nicht warm gehalten, sondern sofort gegessen werden. Das gilt besonders für Kindernahrung! Als Faustregel gilt: Die Speisen eine Stunde am Herd oder im Backrohr warm zu halten führt zu höheren Vitaminverlusten als dieselbe Speise einen ganzen Tag im Kühlschrank aufzubewahren oder einen Monat tiefzukühlen.

Manchmal müssen verschiedene Familienmitglieder eine Mahlzeit zu unterschiedlichen Zeiten einnehmen. Beträgt der Zeitabstand mehr als eine Stunde, empfiehlt es sich, die Speisen zwischendurch im Wasserbad, später im Kühlschrank zu kühlen und wieder zu erwärmen. Achten Sie darauf, beim Aufwärmen die Speisen gründlich durchzukochen oder durchzubraten.

Auftauzeit kurz halten!

Gekühlte und tiefgekühlte Speisen sollen erst kurz vor dem Verzehr möglichst rasch aufgetaut und erwärmt werden. Sie können Tiefkühlgemüse direkt durch Anrösten im Topf oder in der Pfanne auftauen. Tiefgekühltes Brot oder eingefrorene Weckerln (z.B. für Engpässe am Wochenende) werden am besten im Rohr aufgebacken oder bei Zimmertemperatur aufgetaut.

Bitte vermeiden Sie sonst das Auftauen von Speisen bei Zimmertemperatur oder im lauwarmen Wasserbecken, weil es hygienisch sehr bedenklich ist. Bakterien, die bereits vorher im Lebensmittel waren, können sich bei diesem Anwärmen gut vermehren und evtl. eine ☞ Lebensmittelvergiftung verursachen. Lassen Sie Geflügel und Fleisch im Kühlschrank auftauen. Entfernen Sie dazu die Verpackung, legen Sie das Teilstück in ein Gefäß (am besten auf einen Siebeinsatz) und stellen Sie dieses abgedeckt in den Kühlschrank. Entfernen Sie die Auftauflüssigkeit sorgfältig und vermeiden Sie deren Kontakt mit anderen Speisen vor allem mit Salat oder mit bereits fertigen Speisen.

Das Erwärmen im Umluftherd bei gleichzeitiger Zubereitung ist schonender für die Vitamine als langsames Auftauen im Kühlschrank.

Mikrowelle: ja oder nein?

Das Thema Mikrowelle sorgt immer wieder für Diskussionen. Einerseits gehen die Zubereitung und auch das Auftauen in der Mikrowelle rasch, sind vitaminschonend und energiesparend, andererseits bleibt eine gewisse Skepsis gegenüber dieser Methode. Sollten Sie die Mikrowelle für die Zubereitung der Familienkost einsetzen wollen, so muss Folgendes beachtet werden:

Es können im Lebensmittel Hitze- und Kältezentren entstehen. Achten Sie deshalb darauf, die aufgetauten oder erwärmten Speisen vor dem Essen umzurühren, damit sich Ihr Kind nicht daran verbrennt.

Ein weiterer Nachteil der unregelmäßigen Erwärmung ist, dass sich Bakterien dort vermehren können, wo das Lebensmittel nicht gut genug erhitzt ist. Speisen müssen daher auch zwischendurch umgerührt oder gewendet werden. Bei einigen Lebensmitteln und Speisen (z.B. Brot, Aufläufen) und nach Ablauf der Garzeit ist eine gewisse Stehzeit vor dem Servieren nötig, damit sich die Wärme gleichmäßiger verteilen kann.

(Halb)rohe tierische Lebensmittel meiden!

Prinzipiell sollten Sie darauf achten, dass Ihre Kinder keine halbrohen bzw. rohen tierischen Produkte essen. Sie sind häufig Ursache für ☞ Lebensmittelvergiftungen, die im Kindesalter besonders schwer verlaufen können. Bieten Sie daher Fleisch und Geflügel nur gut durchgebraten oder gut gegrillt an. Dabei müssen alle Teile eine Temperatur von mindestens 70 °C erreichen.

Gebratenes Hühnerfleisch, das am Knochen noch rötlich ist, unbedingt wieder in den Ofen stellen, bis es gar ist! Wenn sie es anstechen, sollte der austretende Saft glasig statt rötlich sein. Auch gebratenes Faschiertes darf auf keinen Fall beim Verzehr innen noch rosa sein.

Zur Sicherheit können Sie für große Stücke ein Bratenthermometer verwenden, das die Innentemperatur von Fleisch und Geflügel misst. So können Sie sicher gehen, dass das Fleisch ganz durchgegart ist.

Garen Sie Fisch so lange, bis er undurchsichtig ist und sich mit einer Gabel leicht in Schichten zerteilen lässt. Sushi und rohe, marinierte Fische sind im Kleinkindalter nicht geeignet.

(Halb)rohe Eier sind vor allem hinsichtlich der Salmonellen eine große Gefahr. Braten Sie Eierspeise und Spiegelei immer durch. Und achten Sie auch darauf, dass Spiegelei auf Pizza und sonstigen Gerichten, die in Restaurants serviert werden, gut durchgebraten sind. Frühstückseier sollen mindesten 5 bis 6 Minuten gekocht werden. Verwenden Sie für Kleinkinder keine selbstgemachte Mayonnaise. Verwöhnen Sie lieber mit „Inges Apfeltiramisu" aus dem Buch „Coole Rezepte für Jausen, Pausen und Feste" (☞ Weiterführende Literatur) statt mit einem Tiramisu aus rohen Eiern. Lassen Sie Ihre Kinder auch nicht von rohem Kuchenteig kosten, der rohe Eier enthält.

Selbst Milch und Milchprodukte sollen Kindern in den ersten 6 Lebensjahren nicht roh angeboten werden. Pasteurisierte Produkte sind unbedenklich, in Rohmilch hingegen finden sich immer häufiger spezielle Bakterien (so genannte Ehec), die im Kleinkindalter zu Nierenversagen führen können! Daher ist Rohmilchkäse bzw. unerhitzte Milch direkt vom Bauernhof für Kleinkinder nicht geeignet. Kochen Sie rohe Milch immer ab!

Grillen statt frittieren!

Etwa ab dem 18. Lebensmonat nehmen viele Kinder stark an Gewicht zu. Plötzlich ist (fast) alles erlaubt, was die Erwachsenen essen. Späteres Übergewicht kann hier seine Wurzeln haben! Hauptschuld daran tragen viele fettreiche Speisen. Um Fett in der Zubereitung den richtigen Stellenwert zu geben, sollten Sie Folgendes beherzigen:

• Backen Sie Erdäpfel oder Pommes im Rohr (☞ Erdäpfel mit Kräutertopfen), statt sie in viel Öl zu frittieren!

• Beim Anbraten oder Zubereiten von Palatschinken können Sie Fett sparen, wenn Sie das Öl für die Pfanne mit einem Teelöffel abmessen oder mit einem Naturhaarpinsel auftragen.

• Wenn Sie ab und zu herausbacken oder frittieren wollen (maximal einmal pro Monat!), so lassen Sie die Lebensmittel danach kurz auf einem Gitter oder auf Papier abtropfen!

Bei fettreichen Suppen sollten Sie die „Fettaugen" abschöpfen oder mit Hilfe eines saugfähigen Papiers abheben (☞ Bouillon).

Beim Bräunungsvorgang infolge Backens oder Bratens entsteht das wasserlösliche Acrylamid, das im Tierversuch krebserregend wirkt. Der „Informationskreis Kind und Ernährung" hat ein Merkblatt herausgegeben mit Tipps, wie Sie die Bildung von Acrylamid vermindern können (☞ Adressverzeichnis).

Sparsam würzen!

Würzen Sie Speisen für Kleinkinder lieber mit frischen Kräutern (Petersilie, Schnittlauch, Dille, Bärlauch, Basilikum, Kresse, Kerbel, Majoran u.a.) als mit Salz und Pfeffer. An einem Kräuterkistchen am Küchenfenster können ältere Kleinkinder hautnah erleben, wie die Kräuter wachsen, und beim Säen, Gießen und Ernten mithelfen. So ist Ihre Küche immer gut versorgt! Ihr Kind erhält aus den frischen Kräutern Vitamine und Wirkstoffe, die die Abwehrkraft steigern.

Salz und scharfe Gewürze in größeren Mengen sind für Kleinkinder nicht geeignet. Sie können die Niere belasten und manchmal einen wunden Popo hervorrufen. Selbstverständlich können Sie die Speisen auf Ihrem eigenen Teller nachwürzen bzw. nach dem Beiseitegeben der Kinderportionen den Rest der Speise nach Ihrem Belieben abschmecken. Unmengen an Salz sollten aber auch Sie in Ihrer Nahrung nicht verwenden.

Nicht zu heiß und nicht zu kalt!

Oft werden Speisen – weil die Zeit oder der Hunger drängt – brennheiß auf den Tisch gestellt. Damit sollten Sie jedoch warten, bis diese auf angenehme Esstemperatur abgekühlt sind, denn Kinder könnten sich sonst Verbrennungen im Mundraum zuziehen. Außerdem werden die Geschmacksnerven davon beeinträchtigt, so dass der Geschmack und die Würze nicht mehr so gut zur Geltung kommen. Zu heißes Essen schädigt auch die Zähne und die Schleimhaut des Magens.

Ähnliches gilt für zu kalte Speisen, z.B. Speiseeis direkt aus der Tiefkühltruhe oder Joghurt direkt aus zu kühlen Kühlschrankfächern.

Vollkorngetreide braucht mehr Flüssigkeit!

Für viele ist das Kochen mit Vollkorngetreide ungewohnt. Prinzipiell lassen sich alle unsere Rezepte auch mit herkömmlichem Weizenmehl oder -grieß kochen. Vollkorn enthält jedoch mehr an verdauungsfördernden Ballaststoffen und hält länger satt. Besonders wenn Kinder zu Übergewicht neigen, sollte auf Vollkornmehl umgestiegen werden. Selbstgemahlenes Vollkornmehl braucht etwas mehr Flüssigkeit zum Quellen als abgepacktes, feinst vermahlenes Mehl aus dem Supermarkt. Geben Sie daher immer einen Extra-Esslöffel Wasser zu den Teigen.

Wenn Sie Vollkorngetreide (z.B. Hirse, Grünkern, Reis) kochen, empfiehlt es sich, zuerst das Getreide über die Hand rieseln zu lassen, um evtl. vorhandene Steinchen herausfischen zu können. Danach sollte kurz gewaschen werden, um den Staub zu entfernen.

Beim Kochen von Getreide lassen sich alle Arten von „Restwärme" gut nutzen. Nach kurzem Aufkochen kann man das Getreide im verschlossenen Topf entweder auf der abgeschalteten Elektro-Herdplatte oder im Backrohr nachquellen lassen. Früher wurden diese Getreidetöpfe in eine so genannte „Kochkiste" (eine gut isolierte Holzkiste) gestellt oder in Tücher gewickelt unter der Tuchent warm gehalten. Manche Naturköche und -köchinnen schwören auch heute noch auf diese Methode, weil das Getreide so weder anbrennen noch harte Ränder bekommen kann und Energie gespart wird. Weitere Tipps zur Vollwertküche finden Sie im Buch „Einstieg in die Vollwertkost"(☞ Weiterführende Literatur).

Müslimischung

auf Vorrat
verdauungsfördernd
vielseitig

1/2 kg Gerstenflocken
1/2 kg Haferflocken
1/2 kg Weizenflocken
100 g Rosinen, ungeschwefelt, gewaschen
100 g Schokostreusel
5 EL Hefeflocken

Vermengen Sie alle Zutaten und bewahren Sie das Müsli in einem verschließbaren Gefäß auf.

Eine Frühstücksportion entspricht ca. 1 bis 3 gehäuften EL (je nach Alter und Hunger Ihres Kindes). Sie können eine Müsli-Portion entweder ca. 1 Stunde in 1/4 l Milch, Sauermilch oder Joghurt natur 1 % einweichen oder ca. eine Viertelstunde in warmem Wasser quellen lassen und erst danach mit den gewünschten Milchprodukten verrühren.

Frisch geschnittene Obststücke im Müsli bringen Farbe auf den Teller, wirken erfrischend und liefern zusätzlich Vitamine für Ihr Kind. Bieten Sie eine Tasse Tee dazu an! Im Winter kann auch Apfelmus mit Zimt für die Zubereitung des Müslis verwendet werden.

Statt der Schokostreusel können Sie wahlweise Sonnenblumenkerne, Sesam, Nüsse oder Kokosflocken unter das Müsli mengen. Rosinen lassen sich – wenn Ihr Kind diese ablehnt – durch andere Trockenfrüchte (z.B. getrocknete Marillen, Zwetschken, Datteln) oder durch Frischobst ersetzen.

Im 2. Lebensjahr sind rohe Getreideprodukte, somit auch Müsliflocken, noch zu hart und zu schwer verdaulich für Ihr Kind. Deshalb muss Müsli für die Kleineren immer vorher mit Wasser aufgekocht werden und kann dann erst mit den Milchprodukten zubereitet werden.

Mit 1/4 l Milch, Sauermilch oder Joghurt natur 1 % serviert, deckt das Müsli fast den ganzen Tagesbedarf Ihres Kindes an Kalzium. Müsli kann entweder roh oder aufgekocht gegessen werden. Wichtig ist, dass die Getreideflocken immer gut gequollen sind, damit sie die Verdauung des Kindes nicht zu sehr belasten. Trockenobst und geschrotete Leinsamen unterstützen, zusätzlich zu den ballaststoffreichen Getreideflocken, die Verdauung des Kindes. Daher ist dieses

Müsli als Frühstück oder Zwischenmahlzeit bei Neigung zu Verstopfung besonders geeignet.

Knäckebrotmüsli

Menge für 1 Portion
einfach & rasch
für Kinderköche geeignet

2 Scheiben (Vollkorn)knäckebrot
3 EL Topfen mager, 10 % F.i.T.
1 EL Mineralwasser
5 Erdbeeren
1/2 Banane

Zerteilen Sie das Knäckebrot in kleine Bruchstücke. Den Topfen mit Mineralwasser verrühren und die Knäckebrotstückchen dazugeben. Die Erdbeeren waschen, putzen und vierteln, die Banane in Scheiben schneiden. Vermengen Sie alle Zutaten miteinander.

Sie können statt des Topfens mit Mineralwasser auch Joghurt verwenden und je nach Saison die Obstsorten variieren (z.B. Apfel – Birne im Herbst).

Das Knäckebrotmüsli ist ein guter und phantasievoller „Notnagel", wenn plötzlich am Wochenende nur mehr der „Trockenbrotvorrat" zur Verfügung steht.

F.i.T. bedeutet „Fett in der Trockenmasse". Je fester bzw. härter ein Käse ist und je höher der F.i.T.-Wert, desto mehr Fett ist im Käse enthalten („Essen und Trinken im Kleinkindalter" ☞ Weiterführende Literatur).

Obstbrot

Menge für 1 Portion
für Feste
vitaminreich

1 Scheibe (Vollkorn)brot
1/2 TL Butter (oder Margarine)
1 Apfel, klein
1/2 EL Zitronenmelisse oder Petersilie, gehackt

Bestreichen Sie das Brot mit Butter. Den Apfel in dünne Spalten schneiden (für die Kleineren vorher schälen) und auf dem Brot verteilen. Streuen Sie die Zitronenmelisse oder die Petersilie darüber.

Zum Verzieren können Sie auch fein gehackte milde Minze oder etwas Kakaopulver verwenden. Birnen oder Bananen eignen sich ebenfalls gut als Brotbelag. Lassen Sie sich bei der Obstwahl und beim Muster, mit dem Sie das Brot belegen, von Ihrer Kreativität leiten! Z.B. ist eine Variante mit dünn aufgetragener Ribiselmarmelade, Apfelspalten und Zimt sehr beliebt. Apfelbrote lassen sich ebenso mit Karotten oder Sellerie kombinieren, für kleinere Kinder empfiehlt sich die Form eines Rohkostbrotes (☞ Apfel-Karotten-Rohkost auf Vollkornbrot).

Obstbrote sind eine vitaminreiche Variante zur Marmeladesemmel beim Frühstück. Sie verleiten sogar manche Obst-Essmuffel dazu, zweimal zuzugreifen.

Topfenweckerl

Menge für 1 Portion
kalorienreduziert
kalziumreich

1 Grahamweckerl
2 EL Topfen mager, 10 % F.i.T.
1 TL Marmelade

Schneiden Sie das Weckerl durch und bestreichen Sie es mit Topfen und Marmelade.

Als Häppchen zwischendurch: Das Weckerl in Scheiben schneiden und mit Topfen und Marmelade bestreichen.

Probieren Sie das Topfenweckerl mit unserer ☞ „Kaltgerührten Marmelade".

Grahamweckerl oder Grahambrote sind zwar nicht so ballaststoff- und vitaminreich wie Vollkornbrote, sie enthalten jedoch mehr Vitamine und Ballaststoffe als eine Semmel. Beim Umstieg auf vollwertigere Brote sind sie ein idealer Zwischenschritt, wenn das Kind zuvor Semmeln und Weißbrot gewohnt war.

Schinken-Gurken-Brot

Menge für 1 Portion
für Kinderköche geeignet
vitaminreich

1 Scheibe (Vollkorn)brot
1/2 TL Butter (oder Margarine)
2 Scheiben Putenschinken
4 Scheiben Gurke (ca. 0,5 cm dick)
1 TL Petersilie, gehackt

Bestreichen Sie das Brot mit Butter, den Schinken und die Gurkenscheiben darauf legen und mit Petersilie bestreuen.

Anstelle des (Vollkorn)brotes können Sie auch 2 Scheiben (Vollkorn)-knäckebrot belegen. Die Gurke lässt sich natürlich gegen jede andere Gemüsesorte (z.B. Radieschen, frischen Paprika oder Kohlrabi) austauschen. Statt Petersilie können Sie etwas fein gehackte Dille oder Schnittlauch verwenden.

Knackiges Käseweckerl

Menge für 1 Portion
für Kinderköche geeignet

1 Kornspitz
2 TL Ketchup
4 Scheiben Gouda (à 15 g)
2 Radieschen

Schneiden Sie den Kornspitz der Länge nach durch. Beide Hälften werden mit je 1 TL Ketchup bestrichen. Den Käse darauf verteilen. Die Radieschen in Scheiben schneiden und auf den Käse legen.

Statt Radieschen können Sie auch bunte Paprikastreifen verwenden. Das Belegen und Verzieren übernehmen viele Kinder gerne selbst.

Herkömmliches Ketchup enthält meist sehr große Mengen an Zucker. Als Alternative finden Sie ein Rezept für Ketchup (☞ Ketchup selbst gemacht) in diesem Buch.

Orangenreis

Menge für 1 bis 2 Portionen
vorbereitbar
warm und kalt beliebt

50 g Rundkornreis
200 ml Milch
50 ml Orangensaft (am besten frisch gepresst)
1 TL Zucker oder Honig
1 Prise Zimt
2 Orangen

Geben Sie den Rundkornreis mit der Milch und dem Orangensaft in einen Topf. Erschrecken Sie nicht: Beim Zusammenmischen mit dem säurehaltigen Orangensaft gerinnt die Milch und flockt aus, das hat aber keinerlei negative Auswirkungen bei diesem Rezept! Den Reis kurz aufkochen und je nach Reissorte 30 bis 60 Minuten quellen lassen. Rühren Sie Zucker und Zimt ein.

Die Orangen erst kurz vor dem Essen schälen, evtl. filetieren, in kleine Stücke schneiden und unter den Reis heben.

V Anstatt der Orangen können Sie auch Äpfel oder Birnen verwenden. Garen Sie diese direkt mit dem Reis mit. In einem Früchtereis lassen sich auch Reste eines Obstsalates vom Vortag verwerten.

Früchtejoghurt

Menge für 2 Portionen
kalorienreduziert
kalziumreich

100 g Erdbeeren (oder Früchte der Saison)
1 Becher Joghurt natur 3,6 % (1/4 l)
evtl. 1 TL Zucker

2 Erdbeeren (oder Früchte der Saison) zur Dekoration

Pürieren Sie die frischen Früchte und vermengen Sie sie mit dem Joghurt. Bei säuerlichen Früchten können Sie evtl. mit Zucker süßen.

Die beiden Erdbeeren fächerförmig aufschneiden und das Früchtejoghurt damit dekorieren.

Wenn es schnell gehen soll, so können Sie auch 1 Becher Fruchtjoghurt (1/4 l) mit 1 Becher Joghurt natur 1 % (1/4 l) vermischen. Das ergibt ebenfalls 2 Portionen. Ähnlich schnell geht die Zubereitung von Joghurt oder Sauermilch mit einem Löffel ☞ „Kaltgerührter Marmelade". Wenn Sie mehr Fruchtpüree übrig haben, können Sie dieses als Sauce zum Hirseauflauf (☞ Hirseauflauf mit Erdbeertopfencreme), zu den ☞ Mohnnudeln, zu den ☞ Topfenknödel oder den Zimtknödel (☞ Zimtknödel mit Apfelmus) verwenden.

Selbstzubereitetes Früchtejoghurt ist vitaminreicher und weniger süß als gekauftes Joghurt. Früchtejoghurt eignet sich hervorragend als Zwischenmahlzeit, denn so kann das im Joghurt enthaltene Zink gut vom Körper aufgenommen werden. Zink stärkt und festigt die Haare und Nägel.

Buttermilchspeise mit Fruchtpüree

Menge für 2 Portionen
für Feste
vorbereitbar

6 Blatt Gelatine
Saft einer Orange
1 Packung Buttermilch (1/2 l)
1 EL Zucker
2 Puddingformen oder 2 große Tassen

6 Marillen
1/8 l Wasser
1 TL Zucker
1 Schuss Zitronensaft

Weichen Sie die Gelatine in kaltem Wasser 10 Minuten lang ein, leicht ausdrücken und entweder in der Mikrowelle oder auf einer warmen (nicht heißen) Herdplatte in wenig Orangensaft auflösen. Die Buttermilch mit Zucker und Orangensaft vermischen, unter Rühren in die Gelatine eingießen. Füllen Sie die Flüssigkeit in kalt ausgespülte Puddingformen oder Tassen und stellen Sie diese für 3 bis 4 Stunden in den Kühlschrank.

Geben Sie die weichen Marillen kurz in kochendes Wasser (blanchieren), ziehen Sie die Haut ab und entkernen Sie die Marillen. Mit Wasser, Zucker und Zitronensaft pürieren.

Stürzen Sie die Buttermilchspeise und garnieren Sie diese mit dem Fruchtpüree.

Für die Zubereitung des Fruchtpürees können Sie andere frische Früchte oder Tiefkühlbeeren verwenden. Es lassen sich auch größere Mengen des Fruchtpürees portioniert für das nächste Mal tiefkühlen, so dass sich der Arbeitsaufwand verringert.

Anstatt der mageren Buttermilch können Sie auch Joghurt oder Sauermilch nehmen. Dadurch können Sie den Fettgehalt der Speise einem evtl. höheren Energiebedarf Ihres Kindes anpassen.

Topfenspeise

Menge für 4 Portionen
kalziumreich

1 Packung Topfen mager, 10 % F.i.T. (250 g)
1/2 Packung Sauermilch (1/4 l)
1 EL Zucker
300 g Früchte der Saison

1 EL Schokostreusel

Verrühren Sie den Topfen mit Sauermilch und Zucker. Die Früchte (z.B. Marillen oder Pfirsiche) waschen, klein schneiden und unter die Topfenspeise heben.

Servieren Sie die Topfenspeise mit Schokostreusel garniert.

Statt der Schokostreusel können Sie 1 EL trocken geröstete Haferflocken dazugeben. Haferflocken werden trocken geröstet, indem man sie ohne Fettzugabe, unter Schwenken in einer Pfanne, röstet. Dabei ist Vorsicht geboten, sonst brennen die Haferflocken an.

Topfen können Sie auch ganz einfach selber herstellen, indem Sie saure Milch unter ständigem Rühren langsam erwärmen und danach die Masse in ein feines Tuch abseihen. Weitere Anregungen finden Sie in dem Buch „Joghurt, Käse, Rahm & Co – Gesundes aus Milch selbst gemacht“ (☞ Weiterführende Literatur).

Vanillejoghurt

Menge für 4 Portionen
kalziumreich
vorbereitbar

1 Packung Vanillepuddingpulver
1 bis 2 EL Zucker
3/8 l Milch
1 Becher Joghurt natur, 3,6 % (1/4 l)

Kochen Sie aus Vanillepuddingpulver, Zucker und Milch laut Packungsanweisung einen Pudding. Wenn der Pudding kalt ist, die Haut entfernen und das Joghurt unterrühren.

Servieren Sie den Vanillepudding zu frischem Fruchtpüree (z.B. zu Erdbeersauce) oder frischen Früchten. Verzieren Sie ihn evtl. mit Kakaopulver. Geeignet ist Vanillejoghurt auch zu ☞ Apfeltorte oder Zimtknödeln (☞ Zimtknödel mit Apfelmus).

Achten Sie beim Kauf des Vanillepuddingpulvers auf die Zutaten, die auf dem Etikett angeführt sind. Gut eignet sich Vanillepuddingpulver, das als Farbstoff Beta-Karotin (natürlichen Farbstoff der Karotten und gleichzeitig die Vorstufe des Vitamins A) enthält.

Banane mit Schokoladesauce

Menge für 1 Portion
kalorienreich

2 Stück Vollmilchschokolade (ca. 9 g)
2 EL Milch
1 Banane

Erweichen Sie die Vollmilchschokolade entweder im Wasserbad oder in der Mikrowelle, rühren Sie dann vorsichtig die Milch ein. Schälen Sie die Banane, halbieren Sie sie evtl. der Länge nach und übergießen Sie sie mit der Schokoladensauce.

Diese Süßspeise schmeckt auch zwischendurch hervorragend mit frischen oder leicht gedünsteten Äpfeln, Erdbeeren oder gehäuteten Pfirsichen.

Karotten-Apfelsaft

Menge für 1 Portion
für Gemüse-Essmuffel
vitaminreich

3 Karotten
1 Apfel

Waschen Sie die Karotten und den Apfel, den Apfel dann achteln. Beide Zutaten im Entsafter entsaften und gut verrühren.

V Anstelle des Apfels können Sie auch eine Birne verwenden.

i Zum Entsaften im Entsafter eignen sich nur harte Obst- und Gemüsesorten, Beeren werden matschig.

Gurken-Buttermilch-Drink

Menge für 2 Portionen
erfrischender Durstlöscher
kalziumreich

1/2 Gurke
1/2 Packung Buttermilch (1/4 l)
evtl. etwas Salz

Waschen Sie die Gurke und entsaften Sie sie im Entsafter. Haben Sie keinen Entsafter, so können Sie die Gurke schälen, fein raspeln und mit der Buttermilch mit dem Pürierstab oder im Mixer pürieren. Das Gurkenmus mit der Buttermilch verrühren, evtl. mit etwas Salz würzen und in 2 Gläser füllen.

Servieren Sie dieses Getränk als erfrischenden Sommerdrink (evtl. mit einer Gurkenscheibe dekoriert).

V Statt Buttermilch kann auch Sauermilch oder Joghurt verwendet werden.

Noch ein Tipp: Es ist kaum Mehraufwand, wenn Sie etwas mehr Gurkenmus zubereiten und für die nächste Mahlzeit mit frischer Paradeissauce zu einer erfrischenden, kalten Gemüsesuppe verarbeiten.

i Für Erwachsene können Sie noch etwas Pfeffer und eine ausgedrückte Knoblauchzehe hinzufügen.

Apfel-Orangensaft

Menge für 1 Portion
für Obst-Essmuffel
vitaminreich

1 Orange (am besten Moro Orangen)
1 Apfel
1/8 l Wasser

Pressen Sie die Orange mit der Zitronenpresse aus. Den Apfel waschen, vierteln und im Entsafter entsaften oder entkernte und geschälte Apfelspalten klein schneiden und unter Zugabe von 1/8 l Wasser mit dem Pürierstab pürieren. Alles zusammen verrühren und in ein Glas gießen.

Wenn Sie größere Mengen Apfel-Orangensaft übrig haben, können Sie diesen auch zur Zubereitung von ☞ Orangenreis verwenden. Oder verwenden Sie 2 EL Orangensaft oder Apfel-Orangensaft für den süßen Topfendip (☞ Obststreifen mit süßem Dip).

Gemüsestreifen mit Dip

Menge für 4 Portionen
für Feste
vitaminreich

4 Karotten, mittelgroß
1/2 Gurke
1 Bund Radieschen

1 Packung Topfen mager, 10 % F.i.T. (250 g)
2 EL Joghurt natur, 3,6 % (oder Sauerrahm)
3 EL Kräuter der Saison, gehackt
etwas Salz
1 Prise Paprikapulver

evtl. Zahnstocher

Waschen und schälen Sie die Karotten, schneiden Sie sie in ca. 1 cm breite und 5 cm lange Stifte. Schälen Sie die Gurke und schneiden Sie sie ebenfalls in 1 cm breite und 5 cm lange Stifte. Die Radieschen waschen und je nach Größe vierteln oder halbieren. Richten Sie alle Gemüsesorten auf einem Teller an.

Vermengen Sie den Topfen mit Joghurt, Kräutern und Gewürzen, und richten Sie die Dips für jedes Kind in einer kleinen Schüssel an. Die Kinder können mit den Zahnstochern oder den Fingern das Gemüse nehmen und in den Kräuterdip eintauchen.

Ⓥ Sie können selbstverständlich auch frischen, bunten Paprika, gelbe Rüben oder andere Gemüsesorten verwenden. Reste dieser Mahlzeit eignen sich auch als pikante Fülle von Palatschinken oder als Belag von Rohkostbroten (☞ Apfel-Karotten-Rohkost auf Vollkornbrot). Mengen Sie dazu die zerkleinerten Gemüsestreifen unter den Topfendip.

❗ Gemüsestreifen sind nur für Kinder geeignet, die schon „gefahrlos" größere Stücke beißen und kauen können. Für kleinere Kinder können Sie das Gemüse sehr fein reiben und mit dem Topfen vermengen.

ⓘ Gemüsestreifen eignen sich mit einem Stück (Vollkorn)brot dazu, gerade bei sommerlichen Temperaturen als Hauptmahlzeit. Allerdings sollten Sie dann mehr Gemüse bereitstellen, denn hier greifen Kinder gerne öfter zu.

Apfel-Karotten-Rohkost auf Vollkornbrot

Menge für 4 Portionen
vitaminreich

4 Karotten
2 Äpfel
etwas Salz
1 EL Kräuter der Saison, gehackt
2 EL Sauerrahm
4 Scheiben (Vollkorn)brot

Schälen Sie die Karotten und Äpfel und raspeln Sie sie fein. Mit Salz und Kräutern (z. B. Petersilie, Dille, Zitronenmelisse, Schnittlauch oder Basilikum) würzen und mit Sauerrahm vermengen. Verteilen Sie die Rohkost auf dem Brot.

Ⓥ Als Varianten sind Apfel-Sellerie-Rohkost oder Kombinationen mit Kohlrabi empfehlenswert.

ⓘ Eine Alternative zu ☞ Obstbroten oder Gemüsebroten.

Obststreifen mit süßem Dip

Menge für 4 Portionen
für Obst-Essmuffel
vitaminreich

1 Packung Topfen mager, 10 % F.i.T. (250 g)
2 EL Joghurt natur 3,6 % (oder Sauerrahm)
1 TL Zucker oder Honig
1 EL Sonnenblumenkerne

2 Äpfel
4 Birnen

Verrühren Sie den Topfen mit Joghurt und Zucker und richten Sie den Dip für jedes Kind in einer kleinen Schüssel an. Die Sonnenblumenkerne werden ohne Fett in einer Pfanne unter ständigem Rühren oder Schwenken geröstet. Sonnenblumenkerne lassen sich in größeren Mengen auf Vorrat vorbereiten bzw. für die Müslimischung verwenden. Bestreuen Sie den Topfendip damit.

Waschen Sie die Äpfel und Birnen, entfernen Sie das Kerngehäuse, schneiden Sie das Obst in Spalten und richten Sie es zum Eintauchen an.

V Anstelle von Joghurt oder Sauerrahm können Sie auch 2 EL frisch gepressten Orangensaft als Geschmacksvariante in den Dip geben. Zur Dekoration eignen sich wahlweise auch trocken geröstete Haferflocken (☞ Topfenspeise) oder Schokoladesplitter. Reste des süßen Topfendips passen auch als Füllung in Palatschinken oder vermengt mit frischem Fruchtpüree als erfrischende Nachspeise.

Grünkernaufstrich

Menge für 1 kleine Schüssel

50 g Grünkern, geschrotet
1/8 l Wasser
1 Ei, hart gekocht
2 EL Butter (oder Margarine), weich
2 EL Kräuter der Saison, gehackt
1 EL Zitronensaft
1/2 TL Salz
etwas Muskat

Kochen Sie den Grünkernschrot mit Wasser auf und lassen Sie die Masse 20 Minuten bei geringer Hitzezufuhr quellen. In der Zwischenzeit hacken Sie das Ei fein. Das Ei wird mit dem Grünkern und den restlichen Zutaten vermengt und in eine verschließbare Schüssel gefüllt. Kühl aufbewahren!

V Jede Sorte Getreideschrot eignet sich zur Zubereitung dieses Getreideaufstriches. Statt Eier können Sie auch kleinwürfelig geschnittenen roten Paprika oder Maiskörner verwenden. Variieren Sie den Getreideaufstrich mit klein geschnittenem Gemüse und Kräutern, z.B. mit Paradeisern und frischem Basilikum, Gurkenstücken und etwas Knoblauch, Essiggurkerln mit Petersilie und fein gehacktem Zwiebel oder einfach mit Radieschen.

i Um den Kaloriengehalt des Grünkernaufstrichs etwas zu reduzieren, können Sie statt Butter 1 EL Sauerrahm unter das Getreide geben.

Erdäpfelkas

Menge für 1 kleine Schüssel
für Feste

3 Erdäpfel, mittelgroß, mehlig (ca. 150 g)
3 EL Sauerrahm
1 Zwiebel, klein, sehr fein gehackt
1/2 TL Salz
etwas Muskat

Waschen Sie die Erdäpfel und kochen Sie diese mit der Schale. Die Erdäpfel werden geschält und noch heiß mit der Erdäpfelpresse passiert. Vermengen Sie das Erdäpfelpüree mit den restlichen Zutaten und füllen Sie den Erdäpfelkas in eine verschließbare Schüssel. Gekühlt maximal 2 Tage aufbewahren!

Diese oberösterreichische Spezialität können Sie mit (Vollkorn)knäckebrot, (Vollkorn)toast, frischem ☞ Maisbrot oder ☞ Schwimu-Brot servieren. Evtl. mit einem Essiggurkerl garnieren.

Anstatt des Sauerrahms können Sie auch 3 EL körnigen (Kräuter) frischkäse verwenden. Dann sollten Sie allerdings weniger Salz dazugeben, denn der Frischkäse ist meist gut gewürzt. Wenn Ihr Kind frischen Zwiebel ablehnt oder nicht verträgt, probieren Sie eine Variante mit 50 g geriebenem Gouda (mild) oder Emmentaler (würzig) anstelle der fein gehackten Zwiebel. Sie können zum Würzen (oder zum Nachwürzen für Erwachsene) evtl. etwas Kümmel bzw. weißen Pfeffer verwenden.

Den Erdäpfelkas nicht mit dem Mixer verrühren, er wird sonst zäh wie Kaugummi. Erdäpfelkas ist leicht verderblich, daher sollten Sie bei der Zubereitung auf besondere Hygiene achten und den Aufstrich im Kühlschrank max. 1 bis 2 Tage aufbewahren.

Sie sparen Zeit, wenn Sie die Zubereitung von Erdäpfelkas mit anderen Erdäpfelgerichten (☞ Erdäpfel mit Kräutertopfen) kombinieren. So haben Sie für den Abend oder den nächsten Tag einen selbstgemachten Aufstrich.

Grüner Topfenaufstrich

Menge für 1 kleine Schüssel
für Feste
für Kinderköche geeignet

1/2 Paprika, grün
3 Essiggurkerln
1/2 Packung Topfen mager, 10 % F.i.T. (125 g)
1/2 Bund Schnittlauch, gehackt
1 TL Kürbiskernöl
etwas Salz

Schneiden Sie die Paprikaschote und die Essiggurkerln kleinwürfelig und vermengen Sie sie mit den restlichen Zutaten. Sie können den Paprika, die Essiggurkerln und den Schnittlauch auch mit einer Küchenmaschine fein faschieren bzw. sehr fein zerhacken. Dadurch wird der Aufstrich streichfähiger. Füllen Sie den Topfenaufstrich in eine verschließbare Schüssel und bewahren Sie ihn kühl auf.

Servieren Sie diesen grünen Aufstrich auf Partys gemeinsam mit einem gelben Eiaufstrich und einem roten Liptauer mit edelsüßem Paprikapulver. Brote mit bunten Streifen (halb gelb – halb rot oder halb rot – halb grün) lassen sich auf Platten wie Dominosteine auflegen. Evtl. mit Kürbiskernen als Dominopunkten garnieren (bzw. von den Kindern garnieren lassen).

Wer kein Kürbiskernöl mag, kann stattdessen 1 TL eines kaltgepressten Öles verwenden. Nehmen Sie dann jedoch ausreichend fein gehackte Kräuter, um die grüne Farbe zu erhalten (☞ Erdäpfel mit Kräutertopfen).

Kräuter-Mandel-Butter

Menge für 1 kleine Schüssel

120 g Mandeln, gerieben
1/2 Bund Basilikum, gehackt
1/2 Bund Petersilie, gehackt
1 EL Rapsöl
etwas Salz
Wasser nach Bedarf

Vermengen Sie alle Zutaten und fügen Sie – je nach gewünschter Konsistenz – etwas Wasser hinzu.

Servieren Sie die Kräuter-Mandel-Butter auf (Vollkorn)brot oder (Vollkorn)toast mit Radieschen oder Paprika.

Statt des Rapsöles können Sie auch schaumig gerührte Butter verwenden. Diese enthält jedoch nur geringe Mengen „essentieller" Fettsäuren, die im Wachstum so wichtig sind.

Kaltgerührte Marmelade

Menge für 3 Gläser à 250 ml

600 g Ribiseln
200 g Zucker

Waschen Sie die Ribiseln und zupfen Sie diese von den Stielchen. Die Beeren durch die „Flotte Lotte" oder ein grobes Sieb streichen. (Wenn Ihrem Kind die Kerne nichts ausmachen, können Sie sich diesen Arbeitsgang auch ersparen.) Das Ribiselpüree und den Zucker in eine Schüssel geben, die Mischung dann mit dem Schneebesen der Küchenmaschine oder dem Handmixer etwa zehn Minuten auf höchster Stufe rühren. Sie können die „Kaltgerührte Marmelade" auch im Mixaufsatz der Küchenmaschine herstellen. Füllen Sie die Marmelade anschließend in saubere, heiß ausgespülte Gläser und verschließen Sie diese gut.

Die Marmelade eignet sich nicht nur als Brotaufstrich, sondern auch als Fülle für ☞ Überbackene Buchweizen-Dinkel-Palatschinken. Sie können die „Kaltgerührte Marmelade" außerdem zu ☞ Früchtejoghurt oder ☞ Topfenspeise weiterverarbeiten. Die Flüssigkeit, die sich nach und nach unten absetzt, können Sie als Fruchtzusatz für Topfen- oder Joghurtspeisen verwenden oder zu einem Saftgetränk verdünnen.

„Kaltgerührte Marmelade" kann mit verschiedensten Früchten zubereitet werden. Ribiseln sollten aber immer enthalten sein, denn sie haben einen hohen Pektingehalt, der dafür sorgt, dass der Fruchtschaum streichfähig wird. Im Winter können Sie tiefgekühlte Ribiseln oder anderes Tiefkühlobst zur Zubereitung verwenden.

Die „Kaltgerührte Marmelade" ist nur 4 bis 6 Wochen im Kühlschrank haltbar! Sie können die Marmelade aus frischen Früchten jedoch in geeigneten Gefäßen tiefkühlen.

Der Vitamin-C-Gehalt dieser säuerlichen Marmelade ist sehr hoch, da kein Verlust durch Kochen entsteht.

Schwimu-Brot

Menge für 2 Brote
auf Vorrat
zum Tiefkühlen geeignet

1 Packung Fertigsauerteig (ca. 100 g)
1 Packung Germ (42 g) oder 1 Packung Trockengerm (7 g)
ca. 1/4 l Wasser, kalt
1 kg Roggen(vollkorn)mehl
1/2 kg Weizen(vollkorn)mehl
2 TL Salz
1/2 TL Fenchel
1/2 TL Anis
1/2 TL Kümmel
ca. 3/4 l Wasser, lauwarm

Backpapier oder Fett für 2 Kastenformen

Sauerteigbrote müssen Sie am Tag vor dem Backen „ansetzen". Rühren Sie den Sauerteig und die Germ in 1/4 l kaltes Wasser ein und lassen Sie alles über Nacht zugedeckt im Kühlschrank stehen. Die langen Wartezeiten lassen die Brotzubereitung langwierig klingen, aber die einzelnen Handgriffe sind kaum zeitaufwändig!

Vermengen Sie am nächsten Tag Mehl, Salz und die verschiedenen Gewürze nach Wahl in einer Schüssel und verrühren Sie alles mit dem Sauerteig-Germgemisch vom Vortag. Lauwarmes Wasser portionsweise zufügen, während Sie den Teig mit der Küchenmaschine oder mit dem Knethaken des Handmixers kneten. Kneten Sie so lange, bis der Teig sich vom Schüsselrand löst und Blasen wirft. Falls der Teig zu feucht ist, noch etwas Weizenmehl unterkneten. Den Teig ca. 2 bis 3 Stunden zugedeckt an einem warmen Ort stehen lassen. Danach mit den Händen durchkneten.

Legen Sie von diesem Teig ein etwas mehr als faustgroßes Stück als Sauerteigansatz für das nächste Brot beiseite. Sie können dieses Stück entweder trocknen oder – noch besser – tiefkühlen.

Formen Sie den restlichen Teig zu 2 Broten, legen Sie diese in die befetteten Kastenformen und lassen Sie sie eine weitere Stunde rasten. Wenn Sie die Brotlaibe vor dem Backen mit etwas Salzwasser bestreichen, bekommen diese eine knusprige Kruste. Brote bei 180 °C im nicht vorgeheizten Backrohr 90 bis 100 Minuten backen. Wenn Sie gleichzeitig ein Gefäß mit Wasser ins Rohr stellen, wird das Brot lockerer und saftiger. Das Brot eignet sich hervorragend zum Tiefkühlen.

Statt Fenchel, Anis und Kümmel können Sie auch verschiedene Brotgewürz-Fertigmischungen (Dosierung siehe jeweilige Packungsangabe) verwenden. Selbstverständlich können Sie auch Dinkel(vollkorn)mehl oder (mit Vollkornmehl gemischtes) „normales" Mehl verwenden. Durch Vollkornmehle und die Zugabe von 1 EL Leinsamen zum Teig erhöhen Sie den Ballaststoffgehalt des Brotes und somit die verdauungsfördernde Wirkung. Für eine kalorienreichere Variante können Sie 2 EL Nüsse oder Sonnenblumenkerne unter den Teig mengen.

Vollkornmehle enthalten einen unterschiedlich hohen Kleieanteil (Kleie ist die ballaststoffreiche Getreiderandschicht) und weisen einen unterschiedlichen Feuchtigkeitsgehalt auf, selbst wenn das Mehl trocken aussieht. Daher variiert die für den Teig benötigte Wassermenge geringfügig.

In der Reformabteilung Ihrer Drogerie erhalten Sie Sauerteigansatz.

Maisbrot

Menge für 1 Brot

250 g Maisgrieß (Polenta)
1/4 l Wasser
250 g Weizen(vollkorn)mehl
1 TL Salz
1 Prise Zucker
1 Packung Germ (42 g) oder 1 Packung Trockengerm (7 g)
1/16 l Olivenöl
3/16 l Wasser, lauwarm

Backpapier oder Fett für ein Backblech

Kochen Sie den Maisgrieß in 1/4 l Wasser auf (gut rühren!) und lassen Sie ihn 10 Minuten bei sehr geringer Hitzezufuhr quellen. Geben Sie dann Mehl und Maisgrieß in eine Schüssel und fügen Sie Salz und Zucker zu. Germ hineinbröseln, Olivenöl und lauwarmes Wasser dazugeben und alles mit der Küchenmaschine oder mit den Knethaken des Handmixers kneten, bis der Teig sich vom Schüsselrand löst und Blasen wirft. Lassen Sie den Teig eine halbe Stunde zugedeckt an einem warmen Ort rasten, dann nochmals mit den Händen kurz durchkneten und einen Brotlaib formen. Bei 180 °C im nicht vorgeheizten Backrohr ca. 45 Minuten backen.

Am besten schmeckt das noch warme Maisbrot als Beilage zu Gerichten mit viel Sauce, z.B. zu Gulasch oder zu Geschnetzeltem. Man kann damit hervorragend in die Sauce eintunken. Bei Kindern ist dieses „Essen mit den Fingern“ sehr beliebt!

Das Hauptgetreide unserer Nahrung ist der Weizen. Sowohl Nudeln, Knödel, Nockerln als auch viele Brote und Backwaren werden daraus zubereitet. Da jede Getreidesorte eine spezielle Zusammensetzung von Mineralstoffen und Nährstoffen enthält, sollte man das Weizenmehl ab und zu mit anderen Getreidesorten kombinieren.

Striezel

Menge für 1 Striezel

1/2 kg Weizen(vollkorn)mehl
80 g Zucker
1/2 TL Salz
1 Ei
1 Packung Germ (42 g) oder 1 Packung Trockengerm (7 g)
80 g Butter (oder Margarine)
ca. 1/4 l Milch, lauwarm

1 Ei, verquirlt, zum Bestreichen
Hagelzucker zum Bestreuen

Backpapier oder Fett für ein Backblech

Geben Sie Mehl, Zucker, Salz und Ei in eine Schüssel und bröseln Sie die Germ dazu. Zerlassen Sie die Butter, vermischen Sie sie mit der lauwarmen Milch. Geben Sie alles während des Knetens mit der Küchenmaschine oder mit dem Knethaken des Handmixers portionsweise in die Schüssel. So lange kneten, bis sich der Teig vom Schüsselrand löst und Blasen wirft. Teilen Sie den Teig in 3 gleich große Stücke und lassen Sie diese zugedeckt ca. 1/2 Stunde an einem warmen Ort rasten. Aus den 3 Teigstücken 3 gleich große Rollen formen und den Striezel flechten. Das obere und das untere Ende jeweils einschlagen.

Mit Ei bestreichen und mit Hagelzucker bestreuen. Legen Sie den Striezel auf das Backblech und lassen Sie ihn eine weitere halbe Stunde rasten. Bei 180 °C im nicht vorgeheizten Backrohr ca. 30 Minuten backen.

Zur Osterzeit können Sie 3 hartgekochte, mit Lebensmittelfarben gefärbte Eier in den geflochtenen Teig setzen und diese mitbacken. Sie können auch durch mitgebackene und danach entfernbare feuerfeste Formen (z.B. runde Keksausstecher aus Metall, Schnapsgläser) einen Platz freihalten, in den Sie später bunte Eier hineinlegen. So vermeiden Sie, dass Lebensmittelfarbe auf dem Striezel hängen bleibt.

Wenn Sie den Geschmack von Honig gerne mögen, tauschen Sie die Zuckermenge gegen Honig aus.

Honig wird oft als „gesund" bezeichnet und viele halten ihn daher für das bessere Süßungsmittel. Im Endeffekt bleibt der Zuckergehalt der Speise meist gleich, egal ob Sie Honig oder Zucker verwenden. Denn neben ca. 20 % Wasser enthält der Honig 75 bis 80 % Zucker. Meist wird mehr Honig verwendet, da dieser weniger süß schmeckt. Die Wahl zwischen Honig und Zucker ist daher primär eine Frage des bevorzugten Geschmacks.

Cremesuppe

Menge für 4 bis 6 Portionen (1 bis 1 1/2 l Suppe)

50 g Butter (oder Margarine)
50 g Weizen(vollkorn)mehl
1 l Wasser oder Gemüsekochwasser
1 bis 2 TL Salz
etwas Muskat

Geben Sie die Butter in einen 2-Liter-Topf und zerlassen Sie sie. Rühren Sie mit einem Schneebesen das Mehl ein und fügen Sie kleinweise das Wasser zu. Die ganze Zeit mit dem Schneebesen rühren, damit keine Klumpen entstehen. Mit Salz und etwas Muskat würzen. Die Suppe 20 Minuten leicht köcheln lassen! Rühren Sie dabei immer wieder um. Wenn die Suppe doch Klumpen aufweisen sollte, pürieren Sie sie kurz mit dem Pürierstab.

V In diese Suppe kann jedes gekochte Gemüse hineingegeben und püriert werden. Unterschiedliche Geschmacksnuancen erhalten Sie durch Würzen mit frischen Kräutern oder Knoblauch.

i Die Menge an Wasser in dieser Suppe kann ganz oder teilweise durch das Kochwasser von Gemüse (außer von Hülsenfrüchten und Erdäpfeln) vom Vortag ersetzt werden. Wenn Sie Gemüse kochen, so gelangt ein Großteil an Mineralstoffen und Vitaminen in das Kochwasser. Diese wertvollen Inhaltsstoffe nutzen Sie, wenn Sie dieses Wasser als Suppenbasis verwenden.

Klare Suppe

Menge für 4 Portionen (1 l Suppe)
zum Tiefkühlen geeignet

1/2 kg BIO-Rindsknochen
1 Bund Wurzelwerk (Karotten, gelbe Rüben, Sellerie, Petersilienwurzel, Lauch)
2 Lorbeerblätter
1 bis 2 TL Salz
1 TL Pfefferkörner
1 TL Neugewürzkörner (Piment)
1 l Wasser

Waschen Sie die Knochen gründlich unter fließendem Wasser und geben Sie diese 1 bis 2 Minuten in kochendes Wasser (blanchieren). Dann die Knochen abseihen, mit Wasser abspülen und in den Schnellkochtopf legen. Geben Sie das Wurzelwerk (gewaschen, geputzt und grob zerkleinert) ebenfalls in den Schnellkochtopf. Fügen Sie die Gewürze und das Wasser zu und schließen Sie den Topf. Nach Sichtbarwerden des 2. Ringes die Suppe noch 30 Minuten kochen lassen. Danach seihen Sie die Suppe ab. Verwenden Sie sie nun mit diversen Suppeneinlagen oder mit Gemüse weiter. Natürlich kann die Suppe auch in einem normalen Topf gekocht werden. Sie kocht dann ca. 1 1/2 Stunden und muss zwischendurch immer wieder abgeschäumt werden.

Klare Suppe kann durch die verschiedensten Suppeneinlagen vielfältig verwendet werden. Mag eines Ihrer Kinder nur Nudeln, das andere nur Backerbsen, dann wird jedes die Suppe essen, wenn Sie die Einlagen extra servieren. Reste von anderen Speisen lassen sich hier hervorragend verwerten, seien es Fritatten aus ☞ Überbackenen Buchweizen-Dinkel- oder ☞ Überbackenen Hirsepalatschinken, ☞ Grießnockerln, ☞ Grünkernnockerln, ☞ Spinatnockerln, ☞ Polentaknödeln oder Gemüsestrudeltascherln (☞ Gemüsestrudel mit Kräutersauce). Der Phantasie sind hier keine Grenzen gesetzt.

Bouillon

Menge für 4 Portionen (1 l Bouillon)
zum Tiefkühlen geeignet

1/2 kg BIO-Rindsknochen
250 g BIO-Suppenfleisch
1 Bund Wurzelwerk (Karotten, gelbe Rüben, Sellerie, Petersilwurzel, Lauch)
1 bis 2 TL Salz
1 TL Pfefferkörner
1 TL Neugewürzkörner (Piment)
1 Lorbeerblatt
1 l Wasser

Waschen Sie die Knochen gründlich unter fließendem Wasser und geben Sie diese 1 bis 2 Minuten in kochendes Wasser (blanchieren). Dann abseihen, mit kaltem Wasser abspülen und in den Schnellkochtopf legen. Waschen Sie das Suppenfleisch gut und geben Sie es zu den Knochen. Das Wurzelwerk (gewaschen, geputzt und grob zerkleinert) mit den Gewürzen und dem Wasser ebenfalls in den Topf geben und diesen schließen. Nachdem der 2. Ring herausgekommen ist, die Suppe noch 30 Minuten kochen, dann abseihen und weiterverwenden. Natürlich kann die Suppe auch in einem normalen Topf gekocht werden. Sie kocht dann ca. 2 1/2 Stunden und muss zwischendurch immer wieder abgeschäumt werden.

Mit Suppeneinlagen (Suppennudeln, Sternchen, Buchstaben etc.) servieren. Backerbsen sind als Suppeneinlage bei Kindern sehr beliebt, enthalten aber sehr viel Fett, d.h. viele Kalorien. Weitere Ideen für Einlagen ☞ Klare Suppe.

Als Suppenfleisch kann auch die entsprechende Menge an Hühnerfleisch bzw. ein Suppenhuhn verwendet werden, dadurch wird die Bouillon fettreicher und enthält mehr Kalorien.

Wollen Sie den Fettgehalt der Suppe reduzieren, so müssen Sie die „Fettaugen" entfernen. Lassen Sie die Suppe dazu erkalten und schöpfen Sie das Fett mit einem Löffel ab.

Altwiener Erdäpfelsuppe mit Rahm

Menge für 4 bis 6 Portionen (als Hauptspeise)

800 g Erdäpfel
300 g Karotten
50 g Hamburger Speck, geschnitten
1 Zwiebel, fein gehackt
3/4 l Wasser
1 bis 2 TL Salz
2 Lorbeerblätter
1/2 EL Liebstöckel, frisch, fein gehackt
1 Prise Neugewürzkörner (Piment), gemahlen

1/2 Becher Sauerrahm (1/8 l)
1 EL Weizen(vollkorn)mehl

Petersilie, gehackt, zum Bestreuen

Schälen Sie die Erdäpfel und schneiden Sie sie würfelig. Die Karotten schälen und in feine Scheiben schneiden. Den Hamburger Speck kleinwürfelig schneiden und in einem Topf auslassen. Fügen Sie die

Zwiebel, Erdäpfel und Karotten zu und rösten Sie alles kurz an. Mit dem Wasser aufgießen und mit Salz, Lorbeerblättern, Liebstöckel (oder etwas getrocknetem Majoran) und mit einer Prise Piment würzen. Die Suppe ca. 20 Minuten garen.

Verquirlen Sie den Sauerrahm mit dem Mehl und rühren Sie 2 EL Suppenflüssigkeit hinein. Die Mischung zum Andicken in die Erdäpfelsuppe einrühren. Nochmals kurz aufkochen lassen und die Lorbeerblätter entfernen. Mit Petersilie bestreut servieren.

Der Speck kann nach Belieben weggelassen werden, er gibt der Suppe jedoch einen würzigen Geschmack. Sie können das Gemüse dann entweder trocken (ohne Fett – also kalorienreduziert) unter ständigem Rühren anrösten oder 1 EL Rapsöl dazu verwenden. Die Karotten sind gegen jedes beliebige Gemüse (z.B. Sellerie, gelbe Rüben, Pastinaken) austauschbar.

Gemüsesuppe „Halloween"

Menge für 2 Portionen
für Feste
für Gemüse-Essmuffel

400 g Kürbis
1/4 l Wasser
1 Gemüsesuppenwürfel
2 EL Schlagobers

Petersilie, gehackt, zum Bestreuen

Geben Sie den geschälten, entkernten und kleingewürfelten Kürbis mit Wasser und dem Gemüsesuppenwürfel in einen Topf und kochen Sie ihn weich. Mit dem Pürierstab pürieren. Rühren Sie das Schlagobers mit etwas Suppe glatt und dann in die Gemüsesuppe ein. Nicht mehr aufkochen lassen.

Mit Petersilie bestreut servieren – evtl. in einem ausgehöhlten Kürbiskopf. Dazu passen ☞ Maisbrot, ☞ Schwimu-Brot oder geröstete (Vollkorn)brotwürfel (1 EL Butter oder Margarine in einer Pfanne zerlassen und 2 Scheiben würfelig geschnittenes Vollkornbrot oder Vollkorntoast darin anrösten).

Sie können statt Kürbis auch jede andere Gemüsesorte (z.B. Fenchel, Kohlrabi) verwenden. Bei weniger wasserhaltigen Gemüsesorten (z.B.

Karotten, Sellerie, Broccoli, Pastinaken) können Sie die Wassermenge um 1/4 l Wasser erhöhen. Sollten Sie kein Schlagobers zur Verfügung haben, können Sie auch etwas Sauerrahm oder Milch verwenden.

In eine Portion dieser Gemüsesuppe lässt sich die ganze Tagesration an Gemüse, die Ihr Kind essen sollte, einbauen. Selbst Gemüse-Essmuffel können dieser cremigen Variante, die sich nach individueller Gemüseakzeptanz zubereiten lässt, schwer widerstehen.

Fischsuppe

Menge für 4 Portionen (1 bis 1 1/2 l Suppe)

800 g Erdäpfel
2 Paradeiser
3/4 l Wasser
2 TL Salz
2 Lorbeerblätter
1 TL Tomatenmark
Saft einer Zitrone
2 EL Petersilie, gehackt
evtl. Knoblauch
1/2 kg Seelachs- oder Kabeljaufilet (TK)
1 EL Basilikum, frisch, gehackt

Schälen Sie die Erdäpfel und schneiden Sie sie in dünne Scheiben. Waschen Sie die Paradeiser, entfernen Sie den ☞ Stielansatz und schneiden Sie die Paradeiser würfelig. Beides zusammen mit Wasser, Salz, Lorbeerblättern, Tomatenmark, Zitronensaft, Petersilie und evtl. Knoblauch zum Kochen bringen und 15 Minuten kochen. Währenddessen waschen Sie den Fisch, entfernen ☞ Gräten (am besten mit einer Pinzette) und schneiden ihn in ca. 3 bis 4 cm große Stücke. Die Herdplatte klein drehen, bis die Suppe zu kochen aufhört. Den Fisch mit dem Basilikum zur Suppe geben und nochmals 10 Minuten ziehen lassen. Wenn Sie ganze Fischstücke möchten, achten Sie darauf, dass die Suppe mit dem Fisch nicht nochmals aufkocht, denn sonst zerfällt er.

Wenn Sie die Haut der Paradeiser entfernen möchten, müssen Sie die Paradeiser zuerst kreuzweise einschneiden, in kochendem Wasser kurz überbrühen (blanchieren) und die Haut herunterziehen. Erst dann die Paradeiser würfeln.

Der Stielansatz sollte bei Paradeisern nicht nur aus geschmacklichen Gründen entfernt werden! Beim Stiel sammeln sich nämlich evtl. ☞ Spritzmittelrückstände, die dort nur unzureichend entfernt werden können.

Gemüsepizza

Menge für 1 Backblech
auf Vorrat
für Kinderköche geeignet
vielseitig

1/2 kg Weizen(vollkorn)mehl
2 TL Salz
1 Packung Germ (42 g) oder 1 Packung Trockengerm (7 g)
2 EL Rapsöl
300 ml lauwarmes Wasser

1 Dose Paradeiser, geschält (Füllgewicht 450 g)
1 EL Olivenöl
etwas Salz
1 TL Oregano, getrocknet (oder 1 EL Oregano, frisch gehackt)

100 g Emmentaler (oder Butterkäse), gerieben
600 g Mischgemüse, TK

Backpapier oder Fett für ein Backblech

Geben Sie das Mehl und das Salz in eine Schüssel, Germ dazubröseln und das Rapsöl zufügen. Das lauwarme Wasser portionsweise beim Kneten mit der Küchenmaschine (oder mit den Knethaken des Handmixers) zufügen. Kneten Sie so lange, bis sich der Teig vom Schüsselrand löst und Blasen wirft. Den Teig zugedeckt ca. 15 Minuten an einem warmen Ort rasten lassen. Kneten Sie den Teig danach mit den Händen nochmals durch und teilen Sie ihn in zwei Hälften. Die eine Hälfte wird auf Backblechgröße ausgerollt und auf das Blech gelegt. Frieren Sie die andere Hälfte für die nächste Pizza ein oder verwenden Sie diese für ein zweites Backblech (Achtung: Sie brauchen dann die doppelte Menge Zutaten für den Belag!).

Geben Sie Paradeiser, Olivenöl, Salz und Oregano in eine Schüssel und pürieren Sie alles. Am besten schmeckt die Sauce, wenn Sie sie 1 Stunde früher vorbereiten und die Kräuter ihren Geschmack entfalten können.

Verteilen Sie die Paradeissauce gleichmäßig auf der Pizza und legen Sie den Käse auf die Paradeissauce. Das Gemüse ca. 5 Minuten in kochendem Wasser bissfest kochen – für kleinere Kinder kochen Sie das Gemüse ca. 10 Minuten weich – und dann auf dem Käse verteilen. Bei 200 °C im nicht vorgeheizten Backrohr 20 Minuten backen.

Ersetzen Sie entweder die Hälfte oder auch das gesamte Weizen(vollkorn)mehl des Teiges wahlweise durch Dinkel(vollkorn)mehl. Statt Tiefkühlgemüse können Sie natürlich frisches Gemüse der Saison oder „fertiges" Gemüse (z.B. Dosenmais) verwenden. Statt einer Dose geschälter Paradeiser können Sie auch 1/2 l passierte Paradeiser nehmen.

Probieren Sie im Sommer eine Sauce aus frischen Paradeisern: Paradeiser kreuzweise einschneiden, in kochendem Wasser kurz überbrühen, abziehen, kleinwürfelig schneiden und in wenig Olivenöl mit etwas Salz, Knoblauch und mit frischem Basilikum pürieren. Sie können die Zutaten auch vor dem Pürieren dünsten. Nehmen Sie dann statt dem Basilikum etwas Oregano und verzichten Sie evtl. auf den Knoblauch.

Kinder belegen „ihre Pizza" auch gerne selber. Wenn Kinder das Gemüse nicht „sehen wollen", so geben Sie den Käse über das Gemüse oder legen Sie ein paar Scheiben Schinken darüber.

Erdäpfel mit Kräutertopfen

Menge für 4 Portionen
einfach & rasch

12 bis 14 Erdäpfel, mittelgroß (ca. 1 kg)

1 1/2 Packungen Topfen mager, 10 % F.i.T. (375 g)
3 EL Kräuter der Saison, gehackt
2 EL Milch
etwas Salz
1 Prise Paprikapulver

Waschen Sie die Erdäpfel gut und bürsten Sie sie evtl. noch zusätzlich mit einer sauberen Bürste. Die Erdäpfel werden in der Schale gekocht und noch heiß geschält.

Verrühren Sie den Topfen mit allen Zutaten und servieren Sie ihn gemeinsam mit den Erdäpfeln.

Als Variante zu den gekochten Erdäpfeln können Sie Backrohr-Erdäpfel probieren: Die Erdäpfel gut waschen und bürsten, in Viertel schneiden, kleinere Erdäpfel nur halbieren. Mit 1 bis 2 TL Salz und 2 bis 3 EL Sesam in einer Schüssel vermengen. Die Erdäpfel auf ein mit Backpapier ausgelegtes Backblech geben und im Backrohr bei 200 °C etwa 45 Minuten knusprig backen.

Wenn Sie im Frühjahr gut gebürstete „heurige“ Erdäpfel verwenden, brauchen Sie sie nicht zu schälen. Die junge Schale ist sehr dünn und eignet sich – wenn Ihr Kind sie mag – hervorragend zum Mitessen. Sie besteht vorwiegend aus Ballaststoffen und unterstützt daher die Verdauung Ihres Kindes.

Erdäpfelkuchen vom Blech

Menge für 4 Portionen
aufwändiger

1 kg Erdäpfel, fest kochend
800 g Broccoli
Saft einer Zitrone
etwas Salz
1 EL Kräuter der Saison, gehackt
evtl. Knoblauch
2 Eier
4 EL Haferflocken, fein

Backpapier oder Fett für ein Backblech
100 g Emmentaler, gerieben

Waschen Sie die Erdäpfel und kochen Sie diese in der Schale. Den Broccoli waschen, putzen, in Röschen teilen und bissfest kochen. Die Erdäpfel noch heiß schälen und grob raspeln, mit Zitronensaft, Salz, Kräutern und evtl. mit Knoblauch würzen. Vermengen Sie die Masse mit den Eiern und den Haferflocken und verteilen Sie alles auf dem mit Backpapier ausgelegten Backblech. Die Broccoliröschen auf die Erdäpfelmasse legen und bei 200 °C im nicht vorgeheizten Backrohr ca. 25 Minuten backen. Verteilen Sie dann den geriebenen Emmentaler darauf und überbacken Sie weitere 5 Minuten.

Servieren Sie dazu grünen Salat.

Sie können statt Broccoli jedes bissfest gekochte Frisch- oder Tiefkühlgemüse verwenden.

Ein Tipp einer Leserin unserer 1. Auflage: Sie hat die Erdäpfelmasse mit grob püriertem Gemüse vermengt in einer runden Form auf dem Blech verteilt und dann tortenförmige Stücke serviert.

Gemüsestrudel mit Kräutersauce

Menge für 2 Strudel

1 Packung Strudelteig (200 g)
1 kg Mischgemüse, TK

100 g Butter (oder Margarine)
100 g Weizen(vollkorn)mehl
1/2 l Milch
etwas Salz
etwas Muskat
Saft einer Zitrone

Backpapier oder Fett für eine Auflaufform
2 EL Butter (oder Margarine), zerlassen, zum Bestreichen

1/2 Becher Sauerrahm (1/8 l)
1 Becher Joghurt natur, 1 % (1/4 l)
4 EL Kräuter der Saison, gehackt
etwas Salz
evtl. Knoblauch

Bereiten Sie den Strudelteig nach Packungsanweisung vor und legen Sie ihn auf ein leicht bemehltes Geschirrtuch. Das ☞ Tiefkühlgemüse bissfest kochen.

Zerlassen Sie die Butter für die Béchamelsauce, rühren Sie das Mehl ein und gießen Sie portionsweise mit der Milch auf. Die ganze Zeit mit dem Schneebesen kräftig rühren, damit keine Klumpen entstehen. Mit den Gewürzen und dem Zitronensaft würzen. Das Gemüse und die Béchamelsauce vermengen. Die Gemüsemasse auf den Strudelblättern verteilen und einen Strudel formen. (Rechts und links auf dem Strudelblatt ca. 4 cm Platz lassen, oben ca. 2 cm und unten 1/3 der Strudelteigfläche frei lassen. Die Seiten und oben einschlagen und mit Hilfe des Tuches den Strudel nach unten rollen.) Legen Sie die Strudel am besten in eine rechteckige Bratenform und bestreichen Sie sie mit zerlassener Butter. Bei 180 °C im nicht vorgeheizten Backrohr 40 Minuten backen.

Vermischen Sie Sauerrahm, Joghurt und alle Gewürze für die Kräutersauce. Servieren Sie den Gemüsestrudel mit der Kräutersauce zu jeder Form von Rohkostsalaten.

Sie können den Strudel auch kalt servieren.

Der Gemüsestrudel wird pikanter, wenn Sie zur Gemüsemasse noch 200 g Schafkäse geben. Als Alternative zur Béchamelsauce können Sie 4 Scheiben (Vollkorn)toast in Milch einweichen und ausdrücken, mit 2 Eiern verrühren, mit etwas Muskat würzen und mit dem Gemüse vermengen.

Für die Béchamelsauce können Sie anstatt der Milch auch die entsprechende Menge Wasser nehmen. Am besten eignet sich das „Kochwasser" des Gemüses, denn es enthält die wertvollen Mineralstoffe aus dem Gemüse. Es sollte jedoch unbedingt abgekühlt sein, sonst bilden sich beim Einrühren Klumpen.

Gemüse-Erdäpfel-Auflauf

Menge für 4 Portionen

1 kg Erdäpfel, fest kochend
800 g Fenchel
1/2 EL Rapsöl
1 Zwiebel, klein, fein gehackt
400 g Faschiertes
etwas Salz
etwas Pfeffer
1 Prise Paprikapulver
1 Bund Petersilie, gehackt

Fett für eine Auflaufform

Waschen Sie die Erdäpfel und kochen Sie diese in der Schale. Die Erdäpfel noch heiß schälen und grob raspeln. Den Fenchel waschen, putzen und der Länge nach halbieren, den Strunk entfernen und die Knolle in feine Streifen schneiden. Erhitzen Sie das Rapsöl und rösten Sie die Zwiebel darin an, das Faschierte zufügen und anbraten, mit Salz, Pfeffer, Paprikapulver und Petersilie würzen. Legen Sie die Hälfte der Erdäpfel in eine befettete Form, verteilen Sie darauf den Fenchel und dann das Faschierte. Die restlichen Erdäpfel auf dem Faschierten verteilen, evtl. noch etwas salzen. Bei 200 °C im nicht vorgeheizten Backrohr ca. 45 Minuten backen.

Dazu passt jede Sorte von Blattsalat, z.B. Vogerlsalat.

Satt Fenchel können Sie auch Zucchinischeiben verwenden.

Spinatpudding

Menge für 1 große Puddingform
aufwändiger
für Gemüse-Essmuffel

1 Packung Spinat, passiert, TK (450 g)
6 Scheiben (Vollkorn)toast
1/8 l Milch
3 Eier
50 g Butter (oder Margarine), weich
40 g (Vollkorn)semmelbrösel
40 g Dinkel oder Weizen(vollkorn)grieß
etwas Salz
etwas Muskat
evtl. Knoblauch

Fett und (Vollkorn)semmelbrösel für eine große Puddingform

Tauen Sie den Spinat auf. Den Toast zerbröseln, in der Milch einweichen und durch eine „Flotte Lotte" drehen oder mit dem Pürierstab pürieren. Trennen Sie die Eier, die Eidotter werden mit der Butter schaumig gerührt. Rühren Sie den Spinat, den passierten Toast, die Semmelbrösel, den Grieß und die Gewürze dazu. Das Eiklar wird zu Schnee geschlagen und unter die Spinatmasse gehoben. Die Masse in eine befettete und bebröselte Puddingform füllen (maximal bis zu 3/4 voll füllen) und schließen. Die Form in einen passenden Topf stellen, diesen bis 2/3 der Formhöhe mit Wasser füllen und den Deckel auf den Topf geben. Den Pudding 1 Stunde in leicht kochendem Wasser garen, etwas überkühlen lassen, dann gestürzt anrichten.

Servieren Sie den Spinatpudding mit Salat und ☞ Joghurtsauce.

Spinatpudding ist eine das Auge ansprechende Variante zu herkömmlichem Spinat. Sie können auch gewürztes Karottenmus oder Kürbismus in diese Form bringen und dazu eine grüne Sauce (etwas Joghurt mit frischen Kräutern püriert) servieren.

Die Puddingform ist eine Spezialform aus Metall mit Deckel. Sie können zum Ausprobieren stattdessen auch eine schmale Gugelhupfform und einen passenden Deckel verwenden bzw. die Form dicht mit Alufolie verschließen.

Broccoli-Karfiol-Strudel mit kalter Paradeissauce

Menge für 1 Strudel

1 Packung Blätterteig (330 g)
400 g Broccoli
400 g Karfiol
1 Ei
1/2 Becher Sauerrahm (1/8 l)
etwas Salz
etwas Muskat
2 EL Petersilie, frisch, gehackt
200 g Emmentaler gerieben

Backpapier oder Fett für ein Backblech

1 Becher Joghurt, 3,6 % (1/4 l)
4 EL Ketchup
etwas Salz
1 EL Petersilie, frisch, gehackt zum Bestreuen
(bzw. Schnittlauch oder Basilikum)

Bereiten Sie den Blätterteig nach Packungsanweisung vor und rollen Sie ihn auf dem mitgelieferten Papier leicht aus. Broccoli und Karfiol waschen, putzen, in Röschen teilen und bissfest kochen. Ei und Sauerrahm verrühren, mit Salz, etwas Muskat und Petersilie würzen. Das Gemüse mit dem Käse und dem Ei-Sauerrahm-Gemisch vermengen und der Länge nach in die Mitte des Teiges geben, oben und unten sollten ca. 4 bis 5 cm Rand bleiben. Zuerst den oberen und unteren Rand einschlagen, dann die Seitenränder überlappend einschlagen (ca. 2 cm). Den zuunterst liegenden Rand dabei 2 cm breit mit Wasser bestreichen, den oberen vorsichtig daraufdrücken. Mit Hilfe des Papiers den Strudel auf das Backblech wenden, so dass er mit der Naht nach unten zu liegen kommt. Bei 200 °C im nicht vorgeheizten Backrohr ca. 35 Minuten backen.

Verrühren Sie Joghurt mit dem Ketchup und etwas Salz zu einer Paradeissauce und servieren Sie diese mit Petersilie, Schnittlauch oder Basilikum bestreut zum Strudel. Dazu passt Bummerlsalat sehr gut.

V Statt Ketchup kann für die Paradeissauce auch ein wenig Tomatenmark verwendet werden, sofern dieses der Sauce keinen bitteren Geschmack verleiht.

Überbackene Hirsepalatschinken

Menge für 8 Palatschinken bzw. eine Auflaufform
vorbereitbar

120 g Hirseflocken
1/8 l Milch
1/4 l Mineralwasser
2 Eier
etwas Salz
60 g Weizen(vollkorn)mehl
Rapsöl zum Ausbacken

1 EL Rapsöl
300 g Faschiertes
40 g Weizen(vollkorn)mehl
1/4 l Wasser
2 EL Tomatenmark
etwas Salz
2 EL Kräuter der Saison, gehackt

Fett für eine Auflaufform
2 EL Sauerrahm
50 g Emmentaler, gerieben

Verrühren Sie die Hirseflocken mit Milch, Mineralwasser (durch die Kohlensäure bekommt der Teig mehr Auftrieb), Eier, Salz und Mehl. Pürieren Sie – für kleinere Kinder, denen die Hirseflocken zu grobkörnig sind – die Masse mit dem Pürierstab. Idealerweise sollten Sie den Teig ein 1/2 Stunde quellen lassen. Dann mit wenig Rapsöl Palatschinken ausbacken.

Erhitzen Sie 1 EL Rapsöl für die Fülle. Das Faschierte darin anbraten, mit dem Mehl stauben und portionsweise das Wasser aufgießen, mit Tomatenmark, Salz und Kräutern würzen. Verteilen Sie 2 Drittel der Fülle auf den Palatschinken, diese werden dann zusammengerollt, eng in eine Auflaufform gelegt und mit der restlichen Fülle bestrichen.

Verrühren Sie den Sauerrahm und den Käse und verteilen Sie diese Mischung auf dem Faschierten. Bei 200 °C im nicht vorgeheizten Backrohr ca. 25 Minuten backen.

Servieren Sie die Hirsepalatschinken mit Salat.

Versuchen Sie die Hirsepalatschinken auch auf herkömmliche Art mit ☞ Topfenspeise, süßem Dip (☞ Obststreifen mit süßem Dip) oder mit ☞ „Kaltgerührter Marmelade".

Wenn Sie das Gericht längerfristig vorbereiten und alle Zutaten schon ausgekühlt sind, muss es bei ca. 180 °C im Backrohr ca. 45 Minuten überbacken werden. Damit der Überguss mit dem Käse nicht zu dunkel wird, empfiehlt sich in diesem Fall, die Auflaufform mit Alufolie abzudecken.

Gemüselaibchen der Saison

Menge für 8 bis 10 handtellergroße Laibchen
für Gemüse-Essmuffel

600 g Gemüse der Saison (z.B. Karfiol)
1 Ei
100 g (Vollkorn)semmelbrösel
3 EL Kräuter der Saison, gehackt
etwas Salz
etwas Muskat
100 g (Vollkorn)semmelbrösel zum Wälzen

Rapsöl zum Braten

Garen Sie das Gemüse in wenig Wasser (mit Deckel gekocht, reichen meist 1 bis 2 cm), das Wasser abgießen und das Gemüse pürieren. Fügen Sie Ei, Semmelbrösel und Gewürze dazu und vermengen Sie alles zu einer Masse. Mindestens 15 Minuten quellen lassen. Die Masse ist relativ weich. Wenn Sie die Laibchen fester möchten, mengen Sie noch ein paar Getreideflocken (z.B. Haferflocken, Gerstenflocken) unter und lassen Sie den Teig noch etwas quellen. Formen Sie die Laibchen und wälzen Sie sie in den Semmelbröseln. Im heißen Fett langsam von jeder Seite 5 Minuten braten.

Servieren Sie die Laibchen zu gekochten und in gehackter Petersilie (ohne Fett) gewälzten Erdäpfeln mit Rohkostsalat.

Sie können die Gemüselaibchen auch aus teils gekochtem (z.B. aus 400 g gekochtem Karfiol) und teils rohem Gemüse (z.B. 200 g fein geraspelten Karotten) zubereiten. Die Laibchen werden knuspriger und die Variationen vielfältiger, wenn Sie die Laibchen vor dem Anbraten in Sesamkörnern, Leinsamen oder zerbröselten Cornflakes wälzen oder in einer Mischung aus halb (Vollkorn)semmelbröseln und halb geriebenem Käse.

Frühstück und Jause: Obstbrot, Schinken-Gurken-Brot, Gemüsestreifen mit Dip, Apfel-Orangensaft, Karotten-Apfelsaft.

Suppen und pikante Hauptgerichte: Altwiener Erdäpfelsuppe mit Rahm, Gemüsepizza

Fisch: Fisch im Gemüsebett mit grünem Salat

Süße Gerichte: Mohnnudeln

Zucchinipuffer

Menge für 14 bis 16 Stück

500 g Zucchini
250 g Erdäpfel
1 Ei
4 EL Haferflocken, fein
etwas Salz
Rapsöl zum Ausbacken

Waschen Sie die Zucchini und schneiden Sie die Enden ab. Die Erdäpfel schälen und beide Zutaten fein raspeln. Vermengen Sie beides mit Ei, Haferflocken und Salz. Die Masse portionsweise (mit Hilfe eines Esslöffels) in eine sehr heiße Pfanne mit wenig Rapsöl setzen und ausbacken.

Servieren Sie die Zucchinipuffer mit Ketchup (☞ Ketchup selbst gemacht) und Salat. Für Süßspechte lassen sich mild gewürzte Zucchinipuffer auch zu Apfelkompott servieren.

Wer es lieber pikant und würzig mag, kann dieses ursprünglich böhmische Rezept auch im „Original" versuchen, das heißt mit Erdäpfelraspeln, Ei, etwas Mehl, Salz und mit (viel!) Knoblauch.

Getreidelaibchen

Menge für 6 bis 8 handtellergroße Laibchen

300 ml Wasser
1/2 Gemüsesuppenwürfel
150 g Getreideschrot (z.B. Dinkel, Weizen, Gerste)
1 Ei
2 EL Kräuter der Saison, gehackt
1 Knoblauchzehe
etwas Muskat
2 EL (Vollkorn)semmelbrösel zum Wälzen
Rapsöl zum Braten

Kochen Sie Wasser mit dem halben Gemüsesuppenwürfel auf und rühren Sie den Getreideschrot ein. Lassen Sie alles unter ständigem Rühren zu einer breiigen Masse einkochen. Danach den Getreideschrot 15 Minuten ohne Hitzezufuhr quellen lassen. Geben

Sie die restlichen Zutaten dazu und vermengen Sie alles gut. Laibchen formen und in Semmelbröseln wälzen. Braten Sie jene in wenig Rapsöl von beiden Seiten ca. 5 Minuten.

Dazu passen ☞ Gemüse- oder ☞ Joghurtsauce und Rohkostsalate.

Getreidelaibchen werden vielfach als „Körndlfutter" abgestempelt. Die Akzeptanz dieser hochwertigen Getreidespeise lässt sich erhöhen, wenn Sie zur Masse eine Gewürzmischung geben, die Ihr Kind mag (z.B. Pizzagewürz). Für Fleischtiger, denen dieses Gericht „zu vegetarisch" ist, können Sie 100 g mageres Faschiertes unter die Masse mischen. Dadurch haben Sie immer noch eine „fleischärmere" Variante zu faschierten Laibchen. Man kann sie kalt oder warm mit einer Paradeiserscheibe, einem Salatblatt, einem Essiggurkerl und einem Grahamweckerl zu einem „Dino-Burger" umgestalten.

Hirselaibchen

Menge für 8 handtellergroße Laibchen
vorbereitbar
zum Tiefkühlen geeignet

200 g Hirse
1/2 l Wasser
etwas Salz
1 Lorbeerblatt
1 Ei
3 EL Kräuter der Saison, gehackt
2 EL Topfen mager, 10 % F.i.T.
Rapsöl zum Braten

Waschen Sie die Hirse 6- bis 7-mal heiß, dann in Wasser mit Salz und Lorbeerblatt aufkochen. Rühren Sie einmal um und lassen Sie die Hirse 20 Minuten auf kleiner Flamme ausquellen. Die Masse ca. 10 Minuten auskühlen lassen, damit das Ei nicht gerinnt. Dann mit dem Ei, den Kräutern und dem Topfen vermengen. Die Masse mit feuchten Händen zu handtellergroßen Laibchen formen. Braten Sie diese in wenig Rapsöl langsam 5 Minuten von jeder Seite.

Dazu passen die Kräutersauce (☞ Gemüsestrudel mit Kräutersauce) oder ☞ Ketchup selbst gemacht.

Anstatt Hirse können Sie Vollkornreis oder Buchweizen verwenden. Da diese beiden Sorten aber schlechter binden, müssen Sie 1 bis 2 gekochte und geriebene Erdäpfel zur Masse geben. Wenn Sie und Ihr Kind Curry und Kokosflocken mögen, geben Sie etwas Curry und Kokosflocken in die Masse. Die Hirselaibchen anschließend in Kokosflocken panieren.

Hier noch eine süße Variante: Anstatt der Kräuter können Sie 1 bis 2 EL Rosinen verwenden. Achtung beim Anbraten, denn auf zu hoher Stufe werden diese schnell schwarz! Servieren Sie diese süßen Hirselaibchen zu Früchtpüree oder Apfelkompott.

Bis auf die frischen Kräuter können Sie die Masse am Abend vorher vorbereiten und verschlossen im Kühlschrank aufbewahren, dann haben Sie ein schnell zubereitetes Essen für den nächsten Tag.

Käse-Topfen-Laibchen

Menge für 8 bis 10 handtellergroße Laibchen
kalziumreich

1 Packung Topfen mager, 10 % F.i.T. (250 g)
250 g Weizen(vollkorn)mehl
100 g Emmentaler, gerieben
1/2 Becher Sauerrahm (1/8 l)
2 EL Kräuter der Saison, gehackt
1 Ei

Rapsöl zum Braten

Verkneten Sie alle Zutaten in einer Schüssel und lassen Sie den Teig 30 Minuten rasten. Danach formen Sie den Teig mit feuchten Händen zu einer Rolle mit ca. 8 cm Durchmesser, davon werden ca. 2 cm dicke Scheiben heruntergeschnitten. Formen Sie die Scheiben zu Laibchen und braten Sie diese in heißem Rapsöl von beiden Seiten.

Servieren Sie die Laibchen mit Erdäpfelpüree oder Reis als Beilage und mit Salat oder Gemüse.

Topfen und Käse sind Milchprodukte, die den wichtigen Mineralstoff Kalzium enthalten. Diesen braucht Ihr Kind für das Wachstum seiner Knochen und Zähne.

Fischgulasch

Menge für 4 Portionen

500 g Fischfilet (TK)
1 EL Rapsöl
2 Zwiebeln, groß, gehackt
1 EL Paprikapulver
Apfelessig zum Löschen
200 ml Wasser
1 EL Majoran, getrocknet
1/2 EL Kümmel, gemahlen
1 TL Salz
3 Paprikaschoten, rot, in kleine Würfel geschnitten (ca. 400 g)

100 g Sauerrahm
1 EL Weizen(vollkorn)mehl

Waschen Sie das Fischfilet und befreien Sie den Fisch von evtl. ☞ Gräten (mit einer Pinzette geht dies recht einfach). Schneiden Sie ihn in ca. 4 cm große Stücke. Erhitzen Sie das Rapsöl und dünsten Sie die Zwiebeln darin glasig, mit Paprikapulver stauben, sofort mit Apfelessig löschen und mit Wasser aufgießen. Geben Sie die restlichen Gewürze und das Salz dazu. Die in Würfel geschnittenen Paprikaschoten zufügen und 20 Minuten dünsten, danach wird alles fein püriert. Geben Sie das Fischfilet in die Gulaschbasis und lassen Sie alles 10 Minuten (je nach Größe und Dicke der Fischstücke) ziehen.

Verrühren Sie den Sauerrahm mit dem Mehl und geben Sie dies zum Andicken in das Gulasch.

Zu Fischgulasch passen Erdäpfel oder Nudeln hervorragend als Beilage. Sie können auch Fisolengemüse dazu servieren oder die Fisolen im Fischeintopf mitgaren.

Statt des Paprikapulvers, Kümmels und Majorans können Sie auch eine Packung Gulaschgewürz verwenden.

Seelachs oder Kabeljau sind die preiswertesten Fische, aber die Filets zerfallen auch am leichtesten. Lassen Sie das Fischfilet daher nur im zuvor aufgekochten Gulasch ziehen. Sie können für dieses Fischgulasch jede Art von Fischfilet (Zander, Goldbarsch, Seehecht – auch tiefgekühlt) verwenden.

Fisch im Gemüsebett

Menge für 4 Portionen
mineralstoffreich

400 g Seelachs- oder Kabeljaufilet (TK)
1 Stange Lauch, klein
2 Karotten, mittelgroß
1 Kohlrabi
1 EL Rapsöl
etwas Salz
Paprikapulver
3/4 Bund Petersilie, gehackt
evtl. 1 Knoblauchzehe

1 TL Tomatenmark
Saft einer 1/2 Zitrone
2 EL Petersilie, gehackt
2 EL Wasser

50 g Emmentaler, gerieben

Waschen Sie das Fischfilet und befreien Sie den Fisch von evtl. ☞ Gräten (mit einer Pinzette geht dies recht einfach). Das Gemüse waschen und putzen. Schneiden Sie den Lauch in dünne Scheiben, Karotten und Kohlrabi werden mit der Küchenmaschine oder der Handreibe grob geraspelt. Erhitzen Sie das Rapsöl in einer feuerfesten Form, rösten Sie das Gemüse darin kurz an und würzen Sie mit Salz, Paprikapulver, Petersilie und evtl. Knoblauch. Legen Sie den Fisch auf das Gemüse.

Verrühren Sie das Tomatenmark mit Zitronensaft, Petersilie und Wasser und gießen Sie alles über den Fisch. Bei 200 °C im nicht vorgeheizten Backrohr ca. 20 Minuten backen.

Kurz herausnehmen, Emmentaler über den Fisch streuen und nochmals 5 Minuten backen.

Dazu passen Salzerdäpfel und Salat.

Probieren Sie auch ein Gemüsebett aus klein geschnittenem Chinakohl und fein geraspelten Karotten, die in Rapsöl angeröstet und mit etwas Salz und Curry gewürzt werden.

Kräuterfisch

Menge für 4 Portionen
mineralstoffreich

1/2 kg Kabeljaufilet (TK)
etwas Salz
Weizen(vollkorn)mehl zum Bemehlen
1 EL Butter (oder Margarine)
Saft einer Zitrone
2 EL Kräuter der Saison, gehackt

Waschen Sie das Kabeljaufilet und befreien Sie den Fisch von evtl. ☞ Gräten (mit einer Pinzette geht dies recht einfach). Die Fischfilets dann salzen und in Mehl wenden. Zerlassen Sie die Butter und fügen Sie Zitronensaft und Kräuter dazu, legen Sie den Fisch ein und garen Sie ihn von beiden Seiten, je nach Dicke der Filets, ca. 5 Minuten.

Servieren Sie den Fisch mit Salzerdäpfeln und Gemüse oder Salat.

Sie können natürlich jede Art von Fischfilet für dieses Rezept verwenden.

Fisch enthält hochwertiges, leicht verdauliches Eiklar und viele Mineralstoffe, z.B. Jod, das wir für die optimale Funktion unserer Schilddrüse brauchen. Außerdem weist das Fischfett eine wunderbare Zusammensetzung auf, die unsere Blutgefäße vor Verkalkung schützt. Deshalb soll Fisch mindestens einmal pro Woche gegessen werden.

Fischlaibchen mit Zitronensauce

Menge für 8 handtellergroße Laibchen
für Feste

400 g Seelachs- oder Kabeljaufilet (TK)
70 g (Vollkorn)semmelbrösel
2 EL Kräuter der Saison, gehackt
1 EL Weizen(vollkorn)mehl
1 Ei
Saft einer 1/2 Zitrone
etwas Salz

Fett zum Braten

1 EL Butter oder Margarine
1 EL Weizen(vollkorn)mehl
1/4 l Wasser
Saft von 1/2 Zitrone
etwas Salz
etwas Pfeffer, weiß
etwas Kräuter der Saison, gehackt
evtl. 1 EL Schlagobers

Waschen Sie das Fischfilet und befreien Sie den Fisch von evtl. ☞ Gräten (mit einer Pinzette geht dies recht einfach). Den Fisch in kleine Stücke schneiden oder mit dem Fleischwolf faschieren. Vermengen Sie die Masse mit den übrigen Zutaten und formen Sie Laibchen. In wenig Fett unter mehrmaligem Wenden 15 Minuten braten.

Ein Kinderhit: Bereiten Sie die Laibchen im Grahamweckerl als Burger zu. Sie können die Laibchen auch mit Erdäpfeln, Erdäpfelpüree oder Erdäpfel-Karottenpüree und Rohkost servieren. Dazu passt folgende Zitronensauce: Butter zerlassen und mit Mehl stauben, mit Wasser und dem Zitronensaft unter Rühren aufgießen, mit Salz, weißem Pfeffer und gehackten Kräutern (z.B. Zitronenmelisse) würzen. Evtl. mit Schlagobers verfeinern.

Probieren Sie einmal einen Fischbraten im Backrohr. Die Masse zu einer Rolle formen, in blanchierte Mangoldblätter einrollen, mit zerlassener Butter bestreichen und von allen Seiten kurz anbraten, bei 180 °C im nicht vorgeheizten Backrohr ca. 30 Minuten fertig garen. In Scheiben geschnitten zu Erdäpfeln und Zitronensauce servieren.

Fischfilet im Spinatbett

Menge für 4 Portionen
mineralstoffreich

600 g Seelachs- oder Kabeljaufilet, TK
Saft einer 1/2 Zitrone
etwas Salz
etwas Pfeffer, weiß

600 g Spinat, passiert, TK
etwas Salz
etwas Muskat
evtl. Knoblauch, zerdrückt

1 TL Weizen(vollkorn)mehl
2 TL Milch

1/2 Becher Sauerrahm (1/8 l)
2 EL Milch
1 bis 2 EL Parmesan, gerieben

Fett für eine Auflaufform

Waschen Sie das Fischfilet und befreien Sie den Fisch von evtl. ☞ Gräten (mit einer Pinzette geht dies recht einfach). Beträufeln Sie ihn mit Zitronensaft und würzen Sie mit Salz und Pfeffer.

Den Spinat auftauen (nicht fertig kochen!!!) und mit Salz, Muskat und Knoblauch würzen. Verrühren Sie das Mehl mit der Milch und mit 1 EL Spinat. Rühren Sie das Gemisch in den Spinat ein und lassen Sie ihn einmal unter Rühren aufkochen. Füllen Sie den Spinat in die Auflaufform und legen Sie den Fisch darauf.

Der Sauerrahm wird mit Milch und Parmesan verrührt und über den Fisch gegossen und etwas verstrichen. Bei 200 °C im nicht vorgeheizten Rohr ca. 30 Minuten backen.

Servieren Sie dazu Salzerdäpfel.

Polentaschnitten

Menge für 4 Portionen
vielseitig

1/2 l Wasser
1 EL Butter (oder Margarine)
1 Lorbeerblatt
etwas Salz
170 g Maisgrieß (Polenta)

Fett und (Vollkorn)semmelbrösel für ein Backblech

Kochen Sie das Wasser mit Butter und Gewürzen auf, rühren Sie den Maisgrieß ein (am besten mit einem Schneebesen), lassen Sie ihn aufkochen und offen bei wenig Hitze ca. 10 Minuten ausquellen. Vergessen Sie nicht, immer wieder umzurühren, denn der Maisgrieß brennt leicht an! Den Grieß danach einmal kurz zum Auflockern umrühren, das Lorbeerblatt entfernen und die Masse auf einem befetteten und bebröselten Backblech ca. 1 cm dick aufstreichen, rautenförmig schneiden bzw. mit Herz- oder Sternformen ausstechen.

Die Polentaschnitten sofort servieren, z.B. mit einer ☞ Gemüsesauce Ihrer Wahl und Rohkostsalat dazu. Sie können Maisgrieß vor dem Kochen auch trocken (ohne Fett) unter ständigem Rühren anrösten. So erhält er Popcorn-Geschmack.

Pressen Sie die Masse als Variation in eine geölte Kasten- oder Rehrückenform. Osterkuchenformen können ebenfalls für pikante Gerichte genutzt werden. Auch als Suppeneinlage in ☞ Klarer Suppe verwendbar.

Polentaknödel

Menge für 8 bis 10 Knödel

400 ml Wasser
etwas Salz
130 g Maisgrieß (Polenta)
1 Ei
2 EL Topfen mager, 10 % F.i.T.
1 EL Weizen(vollkorn)mehl
evtl. etwas Muskat oder Kräuter der Saison, gehackt

Kochen Sie das Wasser mit Salz auf und rühren Sie den Maisgrieß (mit Hilfe des Schneebesens) ein, nochmals aufkochen lassen und offen bei wenig Hitze ca. 10 Minuten ausquellen lassen. Vergessen Sie nicht, immer wieder umzurühren, denn der Maisgrieß brennt leicht an! Den Grieß mit einer Gabel kurz auflockern und mit Ei, Topfen, Mehl und evtl. mit etwas Muskat vermengen. Formen Sie aus der Masse Knödel und geben Sie diese in kochendes Salzwasser, Herdplattenhitze zurückschalten. Die Knödel sollen 10 Minuten ziehen, nicht mehr kochen.

Servieren Sie die Knödel als Beilage oder als Hauptspeise zu Rohkostsalat und einer ☞ Gemüsesauce Ihrer Wahl. In kleinem Format sind diese Knödel auch als Suppeneinlage ein Hit.

Ⓥ Probieren Sie diese Knödel auch einmal mit Vollkornweizengrieß.

Grießnockerln

Menge für 15 bis 20 Nockerln

50 g Butter (oder Margarine)
1 Ei
100 g Weizen(vollkorn)grieß (oder 1 Packung Nockerlgrieß)
etwas Salz
etwas Muskat

Rühren Sie die Butter mit dem Ei schaumig, in diesen „Abtrieb" den Grieß mischen und mit etwas Salz und Muskat würzen. Lassen Sie die Masse 30 Minuten rasten. Formen Sie dann mit zwei feuchten Teelöffeln Nockerln, und lassen Sie diese in siedendem Wasser (oder in einer ☞ Bouillon) 15 Minuten ziehen.

Die Grießnockerln sind eine klassische Suppeneinlage, lassen sich aber auch sehr gut als Beilage (z.B. zu geröstetem oder gedünstetem Gemüse) servieren.

Ⓥ Eine sehr sättigende Grießnockerlvariante für Naschkatzen erhalten Sie, wenn Sie die Nockerln in Milch einlegen. Lassen Sie dazu 3/4 l Milch mit 1 Packung Vanillezucker, 1 bis 2 Stangen Bourbonvanille (echte Vanillestangen) und 1 EL Zucker oder Honig aufkochen. Legen Sie die Nockerln hinein und lassen Sie sie bei klein geschalteter Herdplatte 15 Minuten garziehen. Die süßen Nockerln werden in der Milch, evtl. zu frischem Fruchtpüree serviert.

Grünkernnockerln

Menge für 10 bis 12 Nockerln

1/8 l Milch
30 g Butter (oder Margarine)
etwas Salz
etwas Muskat
80 g Grünkernschrot
1 Ei

Kochen Sie Milch, Butter, Salz und Muskat auf. Grünkernschrot zufügen und so lange rühren, bis sich die Masse als Knödel vom Topfboden löst. Lassen Sie die Masse 10 Minuten auskühlen und rühren Sie dann das Ei unter. Mit zwei nassen Teelöffeln Nockerln formen, in kochendes Wasser geben und 15 Minuten ziehen lassen.

Servieren Sie die Grünkernnockerln mit ☞ Paradeissauce und Salat.

Die Grünkernnockerln eignen sich nicht nur als Beilage, sondern klein geformt oder nach dem Kochen in Scheibchen geschnitten auch als Suppeneinlage.

Sie können die Grünkernnockerln aber auch überbacken: Schneiden Sie dazu eine Zwiebel feinwürfelig und lassen Sie sie in 2 EL Rapsöl goldgelb anlaufen. Die Zwiebel mit den gekochten Nockerln vermengen, in eine feuerfeste Form füllen und mit 200 g geriebenem Käse (z.B. fertigem Pizzakäse) bei 200 °C im nicht vorgeheizten Backrohr ca. 5 Minuten überbacken.

Spinatnockerln

Menge für 4 Portionen
einfach & rasch

1 Packung Spinat, passiert, TK (450 g)
2 Eier
250 g Weizen(vollkorn)mehl
etwas Salz
etwas Muskat

60 g Butter zum Schwenken

Tauen Sie den Spinat auf. Rühren Sie in den Spinat die Eier, das Mehl (wenn Sie Weißmehl verwenden, können es bis zu 300 g sein) und die Gewürze ein. Der Teig für die Nockerln gehört sofort verarbeitet, er darf nicht rasten! Streichen Sie mit einem Spätzlehobel oder mit einem Sieb mit großen Löchern die Nockerln in kochendes Wasser. Die Nockerln sind fertig, wenn sie oben schwimmen. Seihen Sie die Nockerln ab und schwenken Sie diese in zerlassener Butter.

Servieren Sie die Nockerln mit geriebenem Käse und zu verschiedenen Rohkostsalaten. Die Nockerln (☞ Karottennockerln) passen auch zu den verschiedensten Spaghettisaucen, zu ☞ Paradeissauce, ☞ Käsesauce oder ☞ Gemüsesauce.

Karottennockerln

Menge für 4 Portionen
einfach & rasch

5 Karotten, mittelgroß (ca. 450 g)
1/8 l Wasser
250 g Weizen(vollkorn)mehl
2 Eier
etwas Salz
Knoblauch nach Geschmack

60 g Butter zum Schwenken
Petersilie, gehackt, zum Bestreuen

Putzen Sie die Karotten und zerkleinern Sie sie zu groben Stücken. Mit dem Wasser – bei geschlossenem Deckel – garen. Pürieren Sie die Karotten mit dem Kochwasser und vermengen Sie das Püree mit den restlichen Zutaten (wenn Sie Weißmehl verwenden, können es bis zu 300 g sein). Mit einem Spätzlehobel oder durch ein Sieb mit großen Löchern die Nockerln in kochendes Wasser geben. Die Nockerln sind fertig, wenn sie oben schwimmen. Schwenken Sie die Nockerln in zerlassener Butter und bestreuen Sie sie mit Petersilie.

Servieren Sie die Karottennockerln als Beilage oder als Hauptgericht mit 200 g geriebenem Käse (z.B. fertigem Pizzakäse) bei 200 °C im nicht vorgeheizten Backrohr ca. 5 Minuten überbacken.

Ihrer Phantasie sind hier keine Grenzen gesetzt. Isst Ihr Kind gerne Nockerln, probieren Sie das Rezept mit den verschiedensten Gemüsesorten aus (☞ Spinatnockerln).

Erbsenreis

Menge für 4 Portionen

250 g (Vollkorn)reis
1/2 l Wasser
1 TL Butter (oder Margarine)
etwas Salz
1 Lorbeerblatt
1 Packung Erbsen, TK (225 g)

Waschen Sie zuerst den Reis. Dann das Wasser mit Reis, Butter, Salz und Lorbeerblatt aufkochen, einmal umrühren und zugedeckt bei wenig Hitze ca. 40 Minuten dünsten, das Lorbeerblatt danach entfernen. Kochen Sie die Erbsen bissfest und mengen Sie sie vorsichtig unter den Reis.

Servieren Sie den Erbsenreis als Beilage oder als Hauptspeise mit darübergestreutem, geriebenem Emmentaler.

Sie können natürlich auch andere Gemüsesorten für einen Gemüsereis verwenden.

Bunte Reisvariationen

Menge für jeweils 4 Portionen

Oranger Reis:

250 g (Vollkorn)reis
1/2 l Paradeissaft
etwas Salz
1 Lorbeerblatt

Waschen Sie den Reis und kochen Sie den Paradeissaft mit Reis, Salz und Lorbeerblatt auf, einmal umrühren und zugedeckt bei wenig Hitze ca. 40 Minuten dünsten, Lorbeerblatt danach entfernen.

Gelber Reis:

250 g (Vollkorn)reis
1/2 l Wasser
1 Packung Safran (evtl. auch etwas Curry)
etwas Salz
1 Zwiebel, mit Nelken gespickt

Waschen Sie den Reis und kochen Sie das Wasser mit Reis, Safran, Salz und Zwiebel auf, einmal umrühren und zugedeckt bei wenig Hitze ca. 40 Minuten dünsten, Zwiebel danach entfernen.

Grüner Reis:

250 g (Vollkorn)reis
1/2 l Wasser
etwas Salz
6 EL Kräuter der Saison, gehackt

Waschen Sie den Reis und kochen Sie das Wasser mit Reis und Salz auf, einmal umrühren und zugedeckt bei wenig Hitze ca. 40 Minuten dünsten. Vermengen Sie den Reis danach mit den gehackten Kräutern (z.B. Basilikum, Dille).

Roter Reis :

250 g (Vollkorn)reis
1/2 l Roter Rübensaft
etwas Salz
1 Lorbeerblatt
evtl. Kümmel, Anis oder Fenchel, gemahlen

Waschen Sie den Reis und kochen Sie den Roten Rübensaft mit Reis, Salz, Lorbeerblatt und Gewürzen nach Vorliebe, einmal umrühren und zugedeckt bei wenig Hitze ca. 40 Minuten dünsten, danach das Lorbeerblatt entfernen.

Servieren Sie entweder Reis einer Farbe als Türmchen (z.B. in kleine Joghurtbecher, einen Schöpfer oder in kleine Puddingförmchen gefüllt, festgepresst und gestürzt), oder machen Sie einen bunten Schichtreis daraus, indem Sie verschiedenfarbige Reislagen in eine Form füllen, fest pressen und dann stürzen. Beliebte Kombinationen: „Grüner Reis" mit ☞ Paradeissauce, „Roter Reis" mit ☞ Gemüsesauce, „Oranger Reis" mit ☞ Käsesauce oder „Gelber Reis" mit ☞ Joghurtsauce.

Roter Rübensaft ist im Reformhaus erhältlich.

Gemüsesauce

Menge für 3 bis 4 Portionen
für Gemüse-Essmuffel

150 g Sellerie
1 Karotte
1 Gelbe Rübe
etwas Salz
Liebstöckelblätter, ganz
1/4 l Wasser
1 1/2 EL Sauerrahm
1 EL Weizen(vollkorn)mehl

Putzen Sie den Sellerie, die Karotte und die Gelbe Rübe. Zerkleinern Sie alles grob und garen Sie das Gemüse mit Salz, Liebstöckel und Wasser ca. 15 Minuten, dann pürieren. Verrühren Sie den Sauerrahm mit Mehl und etwas Gemüsesauce und rühren Sie dies zum Andicken in die Sauce ein.

Die Gemüsesauce lässt sich natürlich mit allen Gemüsesorten zubereiten, die Ihr Kind mag (z.B. auch mit Roten Rüben). Somit können Sie zu verschiedenen Gerichten eine farblich passende Sauce zaubern. Liebstöckel können Sie nach Belieben durch andere Kräuter der Saison ersetzen.

Paradeissauce

Menge für 4 Portionen

5 Paradeiser
1 EL Rapsöl
1/2 EL Liebstöckel, gehackt
1/2 TL Zucker
etwas Salz
1 Prise Zimt
3 EL Hirseflocken zum Andicken

Waschen Sie die reifen Paradeiser und entfernen Sie den Stielansatz. Die Paradeiser würfeln. Erhitzen Sie das Rapsöl, fügen Sie die Paradeiser und die Gewürze zu und lassen Sie alles unter mehrmaligem Rühren 15 Minuten köcheln. Die Paradeissauce durch das feine

Sieb der „Flotten Lotte" passieren oder mit dem Pürierstab pürieren. Paradeissauce nochmals aufkochen lassen und die Hirseflocken einrühren, vom Herd nehmen und 10 Minuten quellen lassen. Sauce danach evtl. nochmals mit dem Mixstab pürieren. Sie wird dadurch feiner und das mögen manche Kinder lieber.

Wenn es Ihr Kind mag, servieren Sie diese Sauce mit frischen grünen Kräutern.

Statt Hirseflocken können Sie auch Haferflocken oder Maisgrieß verwenden. Unter Verwendung von Maisgrieß ist nur 1 EL zum Andicken notwendig.

Hirseflocken sind ein empfindliches Lebensmittel. Sie reagieren leicht mit Luftsauerstoff und werden schnell ranzig. Verbrauchen Sie daher eine Packung Hirseflocken relativ rasch und verzichten Sie auf längerfristige Lagerung.

Joghurtsauce

Menge für 4 bis 6 Portionen

2 Becher Joghurt natur, 3,6 %
3 EL Kräuter der Saison, gehackt
etwas Salz

Vermischen Sie für die Joghurtsauce das Joghurt mit den gehackten Kräutern (z.B. Petersilie oder Dille) und dem Salz.

Die Joghurtsauce gibt nicht nur den ☞ Getreidelaibchen und dem ☞ Spinatpudding eine erfrischende Note. Sie eignet sich auch als Dressing für Salate und Rohkost.

Sie können dieser Sauce durch eine Prise Curry- oder Paprikapulver etwas Farbe verleihen.

Tunfisch-Sugo

Menge für 4 Portionen

1 EL Olivenöl
1 Zwiebel, klein, gehackt
1 Dose Paradeiser, geschält (Füllgewicht 450 g)

etwas Salz
etwas Pfeffer, weiß
1 Knoblauchzehe, zerdrückt
1 EL Oregano, getrocknet, oder 2 EL Oregano, frisch gehackt
1 Packung Erbsen, TK (450 g)
2 Dosen Tunfisch naturell (Füllgewicht 130 g)

Erhitzen Sie das Öl und dünsten Sie die Zwiebel darin glasig. Pürieren Sie die Paradeiser und geben Sie diese und Salz, Pfeffer, Knoblauch und Oregano zu der Zwiebel. Erbsen zufügen und alles 15 Minuten leicht köcheln lassen. Gießen Sie die Flüssigkeit vom Tunfisch ab, zerteilen Sie ihn etwas und erwärmen Sie ihn kurz in der Sauce.

Sie können dazu jede Art von Nudeln und Rohkostsalat servieren.

Wenn Sie frische Paradeiser zur Verfügung haben, können Sie diese statt der Dosenware verwenden oder Sie nehmen gleich 1 Packung passierte Paradeiser (500 g).

Käsesauce

Menge für 4 Portionen

1 EL Butter (oder Margarine)
2 EL Weizen(vollkorn)mehl
3/8 l Wasser
etwas Muskat
etwas Salz
100 g Schmelzkäse, 55 % F.i.T.

Zerlassen Sie die Butter, rühren Sie das Mehl ein und gießen Sie langsam mit dem Wasser auf. Dabei immer mit einem Schneebesen umrühren, damit sich keine Klumpen bilden. Etwas Muskat und Salz zufügen. Lösen Sie den Schmelzkäse in der Sauce unter Rühren auf. Die Käsesauce 20 Minuten leicht köcheln lassen, aber immer wieder umrühren, denn sie brennt leicht an!

Sie können statt dem Schmelzkäse auch etwas geriebenen Emmentaler verwenden. Er enthält weniger Käsereisalze als der Schmelzkäse und mehr Kalzium. Die Sauce wird dann allerdings weniger cremig.

Ketchup selbst gemacht

Menge für 2 Gläser à 250 ml
aufwändiger
auf Vorrat

750 g Paradeiser
250 g Zwiebel
2 Lorbeerblätter
1/2 TL Pfefferkörner
1/2 TL Nelken, ganz
1/2 TL Koriander, ganz
1 Stück Zimtrinde
1 Mulltuch
1 kochfester Spagat (erhältlich im Lebensmittelhandel)
100 ml Apfelessig
1/2 Bund Petersilie, gehackt
1/2 EL Liebstöckel, gehackt
1 TL Thymian, frisch, gerebelt
2 EL Zucker oder Honig
1/2 TL Paprikapulver, edelsüß
etwas Muskat

Waschen Sie die reifen Paradeiser, schneiden Sie die Stielansätze heraus und vierteln Sie die Paradeiser. Die Zwiebel schälen und grob würfeln. Legen Sie die Lorbeerblätter, Pfefferkörner, Nelken, den Koriander und die Zimtstange in das Mulltuch und binden Sie es zu einem Säckchen. Die Zwiebeln und Paradeiser werden in einem großen Topf (22 cm im Durchmesser) angedünstet, nach 5 Minuten mit dem Apfelessig löschen. Fügen Sie das Säckchen, die gehackte Petersilie, Liebstöckel, Thymian, Zucker, Paprikapulver und Muskat zu. Alles auf kleiner Flamme 30 Minuten köcheln lassen, öfters umrühren. Mullsäckchen entfernen und die Masse durch den feinen Einsatz der „Flotten Lotte" drehen oder durch ein feines Sieb passieren. Kochen Sie die Masse ca. 90 Minuten weiter, um das Ketchup einzudicken. Je länger Sie das Ketchup kochen lassen, umso konzentrierter wird es. Füllen Sie das Ketchup in sehr gut gereinigte und nochmals heiß ausgespülte Gläser und verschließen Sie diese noch heiß.

Servieren Sie das Ketchup z.B. im ☞ Knackigen Käseweckerl oder als Dip.

Wenn Sie das Ketchup nach dem Passieren nicht weiter einkochen, erhalten Sie eine leckere Paradeissauce. Das Ketchup erhält ebenfalls einen süßen Geschmack, wenn Sie statt Zucker 1/2 kg Weintrauben mitkochen.

Das Ketchup hält sich an einem kühlen, dunklen Ort bis zu 6 Monate.

Die meisten Kinder verwenden Ketchup gerne – und zwar immer und überall! Manchmal ist die Kombination mit dieser beliebten Sauce die einzige Möglichkeit, Gemüse und anderes „an das Kind zu bringen". Ketchup enthält jedoch viel Zucker und in handelsüblicher Art einiges an Konservierungs- und Bindemitteln. Daher haben wir diese Alternative zum Fertigprodukt in unser Rezeptbuch aufgenommen. Ketchup selber zu machen ist allerdings sehr arbeitsintensiv. Die Farbe wird eher rotbraun und erinnert nicht an gekauftes Ketchup. Sie können ein kräftigeres Rot durch die Zugabe von etwas Rotem Rübensaft (aus dem Reformhaus) erzielen. Das Umfüllen in die (von Werbung und Einkauf) bekannten und beliebten Ketchupflaschen hat sich als kleiner Trick bewährt!

Maiskuchen mit Äpfeln

Menge für 4 Portionen
einfach & rasch
für unterwegs

1 l Milch
120 g Butter (oder Margarine)
etwas Salz
2 EL Zucker oder Honig
400 g Maisgrieß
1 kg Äpfel
1 bis 2 EL Zimt (je nach Geschmack)

Fett und Zucker für eine Auflaufform

Kochen Sie die Milch mit Butter, Salz und Zucker auf. Rühren Sie den Maisgrieß ein und lassen Sie ihn aufkochen. Danach soll er ohne Deckel bei wenig Hitze 10 Minuten ausquellen.

Schälen Sie die Äpfel, raspeln Sie diese grob und vermengen Sie sie mit dem Zimt. Der Maisgrieß wird in eine kleine rechteckige Bratenform oder Auflaufform gegeben, glatt gestrichen und mit der Apfel-Zimt-Masse belegt. Bei 180 °C im nicht vorgeheizten Backrohr ca. 40 Minuten backen.

Servieren Sie den Maiskuchen mit Äpfeln warm oder kalt. Er schmeckt auch gut mit selbstgemachtem ☞ Vanillejoghurt.

Sie können Maisgrieß oder Polenta gut durch Weizen- oder Dinkelvollkorngrieß ersetzen.

Zimtknödel mit Apfelmus

Menge für 10 bis 12 Knödel
vorbereitbar

3/8 l Milch
2 EL Butter (oder Margarine)
etwas Salz
1/2 TL Zimt
120 g Dinkel(vollkorn)grieß
120 g (Vollkorn)semmelbrösel
3 Eier

800 g Äpfel
1/8 l Wasser

Kochen Sie die Milch mit Butter und Gewürzen (für Erwachsene kann es auch etwas mehr Zimt sein) auf, rühren Sie den Grieß ein und lassen Sie ihn unter Rühren aufkochen. Nehmen Sie die Masse von der Kochstelle und lassen Sie sie 10 Minuten abkühlen. Lockern Sie dann den Grieß durch Rühren mit einer Gabel. Semmelbrösel und Eier werden untergerührt. Die Masse sollte möglichst 30 Minuten rasten. Wenn Ihnen die Grießmasse nach dem Quellen zu feucht vorkommt, geben Sie noch ein paar Semmelbrösel dazu und beim nächsten Mal ein Ei weniger in die Masse. Vermerken Sie dies am besten gleich hier im Rezeptbuch! Solche Unterschiede ergeben sich, weil der Mahlungsgrad von Dinkelvollkorngrieß verschieden sein kann und der Grieß daher unterschiedlich viel Flüssigkeit aufnimmt. Formen Sie mit feuchten Händen Knödel und legen Sie diese in kochendes Wasser. Drosseln Sie die Hitze und lassen Sie die Knödel 10 Minuten ziehen, bis sie gar sind.

Zu den Knödel können Sie frisches Apfelmus servieren: Äpfel schälen, in dünne Spalten schneiden, mit Wasser im geschlossenen Topf 10 Minuten weich dünsten. Mit dem Pürierstab Äpfel pürieren, dann auskühlen lassen.

Sie können statt der Semmelbrösel auch Semmelwürfel („Semmelbrot") verwenden. Dadurch werden die Knödel bissfester.

Wenn Ihr Kind keinen Zimt mag, probieren Sie die Knödel doch einmal mit dem Mark einer Vanilleschote und einem Schuss Zitronensaft zu Erdbeermus oder ☞ Vanillejoghurt. Oder servieren Sie sie mit geriebenen Nüssen (für allergiegefährdete Kinder erst nach dem 2. Lebensjahr) zu einem Zwetschkenröster.

Die Knödelmasse lässt sich gut vorbereiten. Sie können sie gekühlt in einem verschlossenen Gefäß bis zu 5 Stunden rasten lassen, so dass Sie z.B. inzwischen Ihr Kind aus dem Kindergarten holen können. Danach brauchen Sie die Knödel nur noch zu formen und zu kochen.

Topfenknödel

Menge für 12 Knödel
ein Klassiker

2 Packungen Topfen mager, 10 % F.i.T. (500 g)
6 EL Weizen(vollkorn)grieß
2 EL Weizen(vollkorn)mehl
2 Eier
etwas Salz

100 g (Vollkorn)semmelbrösel zum Wälzen
1 EL Zucker

Marillen- oder Zwetschkenkompott bzw. frische Beeren

Vermengen Sie alle Zutaten und lassen Sie die Masse mindestens 30 Minuten rasten. Wenn Ihnen der Teig zu weich ist (abhängig von der Eigröße), geben Sie noch 1 bis 2 EL Grieß dazu. Formen Sie mit feuchten Händen Knödel und legen Sie diese in kochendes Wasser. Drosseln Sie die Hitze und lassen Sie die Knödel 15 Minuten im nicht mehr kochenden Wasser ziehen, bis sie gar sind.

Rösten Sie in der Zwischenzeit Semmelbrösel mit Zucker trocken an. Wenn Ihnen die Brösel zu trocken sind, zerlassen Sie zuerst etwas Butter und rösten Sie die Brösel dann in der Butter an.

Sie können die Brösel entweder über den Knödel anrichten oder die Knödel in den Bröseln wälzen. Dazu passt jede Art von Kompott. Kochen Sie die Früchte (z.B. Marillen oder Zwetschken) nur mit wenig Wasser und ohne Zucker. Die Süße der Früchte reicht als Süßgeschmack aus. Beeren, die sich einfach pürieren lassen (z.B. Erdbeeren, Heidelbeeren), können Sie zu einer erfrischenden Sauce pürieren und dazureichen.

Mohnnudeln

Menge für 4 Portionen
einfach & rasch
für Kinderköche geeignet

1/4 l Milch
100 g Mohn, gemahlen

3 EL (Vollkorn)semmelbrösel
2 EL Zucker
etwas Salz
80 g Rosinen, ungeschwefelt, gewaschen

350 g (Vollkorn)nudeln
1 EL Butter (oder Margarine), zerlassen

Kochen Sie die Milch auf und rühren Sie den Mohn ein. Nehmen Sie den Mohn von der Kochstelle und rühren Sie die restlichen Zutaten unter. Im geschlossenen Topf 15 Minuten quellen lassen.

Kochen Sie die Nudeln in Salzwasser bissfest und schwenken Sie sie kurz in der zerlassenen Butter. Richten Sie die Nudeln mit der Mohnmischung vermengt an.

Servieren Sie die Mohnnudeln mit Apfelmus oder einem Kompott Ihrer Wahl.

Eine andere Variante der Mohnnudeln erhalten Sie, wenn Sie den gemahlenen Mohn mit 2 EL Zucker und 1 EL Butter in einer Pfanne anrösten und die fertig gekochten Nudeln darin schwenken. Eignet sich auch zum Aufbrauchen von Nudelresten. Wenn Ihr Kind keinen Mohn mag, probieren Sie eine Alternative mit gerösteten (Vollkorn)semmelbröseln, die beliebten „Bröselnudeln".

Hirseauflauf mit Erdbeercreme

Menge für 4 Portionen
eisenreich

150 g Hirse
etwas Salz
1/2 l Wasser
2 Eier
2 EL Zucker oder Honig
100 g Walnüsse, gehackt

Fett und Zucker für eine Auflaufform

1 Packung Topfen mager, 10 % F.i.T. (250 g)
1/2 Becher Sauerrahm (1/8 l)
1 EL Zucker
1/2 kg Erdbeeren (oder Früchte der Saison)
1 EL Zucker

Waschen Sie die Hirse 6- bis 7-mal heiß und kochen Sie sie mit Salz und Wasser einmal kurz auf. Lassen Sie die Hirse auf kleiner Flamme 20 Minuten ausquellen, dann etwas überkühlen. Trennen Sie die Eier in Dotter und Klar. Die Eidotter mit dem Zucker und den Walnüssen unter die Hirse mengen. Schlagen Sie das Eiklar zu steifem Schnee und heben Sie ihn mit einem Schneebesen unter die Hirsemasse. Füllen Sie die Masse in eine befettete und mit Zucker ausgestreute Form. Bei 180 °C im nicht vorgeheizten Backrohr ca. 40 Minuten backen.

Für die Topfencreme vermengen Sie Topfen, Sauerrahm und Zucker. Waschen und putzen Sie die Erdbeeren. Die Hälfte der Erdbeeren mit einem Pürierstab pürieren und unter die Topfenmasse rühren. Die andere Hälfte mit dem Zucker vermengen und mit der Topfencreme zum warmen Hirseauflauf reichen.

Probieren Sie anstelle der Erdbeeren einmal Bananen. Diese sollten Sie aber – sobald sie klein geschnitten sind – mit Zitronensaft marinieren, damit sie nicht braun werden. Selbstzubereitetes ☞ Früchtejoghurt passt ebenfalls gut zum Hirseauflauf.

Wenn Sie dieses Gericht für Kinder im 2. oder 3. Lebensjahr kochen, lassen Sie bitte die Walnüsse weg bzw. reiben Sie sie fein. Kleine Kinder könnten sich daran verschlucken und ersticken.

Reisauflauf mit Äpfeln

Menge für 4 Portionen
kalziumreich

250 g Rundkornreis
3/4 l Milch
1 EL Butter (oder Margarine)
etwas Salz
1/2 kg Äpfel
evtl. 1 TL Zimt
4 Eidotter
20 g oder Honig
4 Eiklar
20 g Zucker

Fett und Zucker für eine hohe Auflaufform

Waschen Sie den Rundkornreis und kochen Sie ihn mit Milch, Butter und Salz auf. Lassen Sie den Reis, je nach Sorte, auf kleiner Flamme ca. 45 Minuten ausquellen und etwas überkühlen. Schälen Sie die Äpfel und schneiden Sie diese mit der Küchenmaschine oder per Hand in feine Scheiben (evtl. mit Zimt würzen). Die Dotter werden mit Zucker schaumig geschlagen und unter den Reis gemengt. Schlagen Sie das Eiklar mit Zucker zu steifem Schnee und heben Sie ihn unter die Reismasse. Geben Sie die Hälfte der Masse in die befettete und mit Zucker ausgestreute Form, verteilen Sie darauf die Äpfel und geben Sie die restliche Masse darüber. Die Form sollte nicht mehr als 2/3 gefüllt sein, der Auflauf geht sonst über. Bei 180 °C im nicht vorgeheizten Backrohr ca. 45 Minuten backen.

Servieren Sie den Reisauflauf evtl. mit der süßen ☞ Topfenspeise.

Sie können selbstverständlich auch Langkornreis oder eine andere Reissorte verwenden. Rundkornreis eignet sich jedoch für alle Reissüßspeisen am besten. Den Reisauflauf können Sie auch, je nach Saison, mit Marillen oder Zwetschken zubereiten.

Kirschenauflauf mit Vanillesauce

Menge für 2 bis 3 Portionen

1 Ei
100 g Haferflocken, fein
1/4 l Milch
50 g Rosinen, ungeschwefelt, gewaschen
1 TL Zimt
200 g Kirschen, entkernt
1 EL Zucker

Fett und Zucker für eine runde Auflaufform

1/2 Packung Vanillepuddingpulver
1 EL Zucker oder Honig
3/8 l Milch

Trennen Sie das Ei in Dotter und Klar. Vermengen Sie die Haferflocken mit Milch, Rosinen, Zimt, Dotter und Kirschen. Das Eiklar wird zu Schnee geschlagen, fügen Sie den Zucker währenddessen langsam zu. Heben Sie den Zuckerschnee dann unter die Kirschenmasse. Füllen Sie die Masse in die befettete und bezuckerte Auflaufform. Bei 190 °C im nicht vorgeheizten Backrohr ca. 45 Minuten backen, dann

15 Minuten im ausgeschalteten Rohr nachziehen lassen.

Dazu passt hervorragend eine Vanillesauce, die Sie nach Packungsanweisung zubereiten, oder ein ☞ Vanillejoghurt.

Buchweizenpalatschinken

Menge für ca. 15 Palatschinken
vorbereitbar

250 g Buchweizenmehl
2 Eier
1/2 l Milch
1/2 TL Salz
1/2 TL Zucker
7 EL Rapsöl zum Ausbacken (1/2 TL für 2 Palatschinken)
Marillenmarmelade zum Füllen

Verrühren Sie die Zutaten mit Hilfe des Schneebesens oder eines Mixers zu einem Palatschinkenteig. Wenn Sie Zeit haben, lassen Sie den Teig ca. eine 1/2 Stunde rasten. Backen Sie die Palatschinken in wenig Rapsöl aus. Achten Sie dabei darauf, Teigreste immer aus der Pfanne zu entfernen. Die Reste könnten verkohlen und auf der nächsten Palatschinke kleben bleiben.

Servieren Sie die Buchweizenpalatschinken mit Marmelade gefüllt. Als Fülle eignet sich nicht nur jede Marmeladesorte, sondern auch eine ☞ Topfencreme. Nehmen Sie 1 Packung Topfen mager, 10 % F.i.T. (250 g) und vermengen Sie ihn mit 3 EL Sauermilch, dem Saft einer frisch gepressten Orange und mit 1 EL Zucker. (☞ Topfenspeise)

Probieren Sie auch einmal folgende pikante Füllungen:

Variante mit Kräutertopfen: 1 Packung Kräutertopfen (250 g) oder Kräuterfrischkäse (200 g) mit 1 Packung Topfen mager, 10 % F.i.T. (250 g) oder mit 1 Packung Joghurt natur 3,6 % (1/4 l) vermengt.

Variante für Fleischtiger: 250 g Faschiertes anbraten, mit etwas Salz und Kräutern der Saison würzen und ein wenig Wasser zufügen. 1/2 Becher Sauerrahm und 1 EL Weizen(vollkorn)mehl verrühren und Faschiertes damit binden.

Beim Füllen von Palatschinken sind Ihrer Phantasie keine Grenzen gesetzt. Gemüsereste oder kleine Mengen Brathuhn vom Vortag lassen sich hier perfekt verwerten (☞ Überbackene Buchweizen-Dinkel-Palatschinken, ☞ Überbackene Hirsepalatschinken).

Palatschinken können Sie in sehr wenig Rapsöl backen, wenn Sie die Pfanne vor dem Herausbacken jeder Palatschinke rasch mit Hilfe eines Backpinsels sehr dünn mit Rapsöl ausstreichen. Aber Achtung!!! Verwenden Sie nur einen Pinsel mit Haaren aus Naturborsten, denn Pinselhaare aus Kunststoff nehmen Ihnen die Hitze übel und versengen leicht.

Überbackene Buchweizen-Dinkel-Palatschinken

Menge für eine Auflaufform, ca. 15 Palatschinken
vorbereitbar

120 g Buchweizenmehl
120 g Dinkel(vollkorn)mehl
2 Eier
1/2 l Mineralwasser
1/2 TL Salz
1/2 TL Zucker
Fett zum Ausbacken

1 1/2 Packungen Topfen mager, 10 % F.i.T. (375 g)
2 EL Milch
3 EL Erdbeermarmelade

Fett für eine Auflaufform

2 Eier
3/8 l Milch
3 EL Zucker

1/4 kg Erdbeeren
etwas Staubzucker zum Bestreuen

Bereiten Sie aus den Zutaten für den Teig die Palatschinken zu.

Vermengen Sie Topfen, Milch und Erdbeermarmelade miteinander und streichen Sie die Creme in die Palatschinken. Rollen Sie diese ein, halbieren Sie sie und schichten Sie sie dachziegelartig in eine befettete Auflaufform.

Verrühren Sie Eier, Milch und Zucker für den Guss und gießen Sie diesen über die Palatschinken. Bei 200 °C im nicht vorgeheizten Backrohr ca. 40 Minuten backen.

Servieren Sie diese Palatschinken mit einer Erdbeersauce aus pürierten Erdbeeren und bestreuen Sie sie evtl. mit Staubzucker.

Mineralwasser wird von vielen Küchenchefs bei der Zubereitung von Palatschinken bevorzugt, da die Kohlensäure dem Teig etwas Auftrieb verleiht. Beim Erhitzen entweicht die Kohlensäure, dabei wird die Palatschinke lockerer. Außerdem erhält sie die wertvollen Mineralstoffe des Wassers.

Arme Ritter

Menge für 8 Stück
einfach & rasch

2 Eier
1/2 l Milch
etwas Salz
8 Scheiben (Vollkorn)toast
120 g (Vollkorn)semmelbrösel

Fett zum Ausbacken
Zimt und Zucker zum Bestreuen

Verquirlen Sie die Eier mit Milch und Salz. Weichen Sie die Toastscheiben in der Eiermilch ein und wenden Sie sie vorsichtig in den Semmelbröseln. Backen Sie die „Armen Ritter" in heißem Fett aus.

Servieren Sie sie bestreut mit Zimt und Zucker. Probieren Sie die „Armen Ritter" zu Kompott oder Fruchtpüree. Hervorragend passen Marillenkompott oder Birnenpüree dazu.

Apfeltorte

Menge für 1 Torte (24 cm Durchmesser)
ballaststoffreich
zum Tiefkühlen geeignet

1/2 kg Äpfel
1 TL Zimt

100 g Butter (oder Margarine)
80 g Zucker oder Honig
2 Eier
250 g Dinkel(vollkorn)mehl
1/2 Packung Backpulver
3/16 l Buttermilch ≈ 0,2 L

Fett und (Vollkorn)semmelbrösel für eine Tortenform
Staubzucker zum Bestreuen

Schälen Sie die Äpfel und schneiden Sie diese mit der Küchenmaschine oder mit der Hand in dünne Scheiben. Würzen Sie mit Zimt.

Butter mit Zucker und den Eiern schaumig rühren, Mehl mit Backpulver vermengen und abwechselnd mit der Buttermilch einrühren. Füllen Sie die Masse in eine befettete und bebröselte Form, streichen Sie sie glatt und verteilen Sie darauf die Äpfel. Bei 200 °C im nicht vorgeheizten Backrohr ca. 45 Minuten backen.

Bestreuen Sie die erkaltete Apfeltorte vor dem Servieren dünn mit Staubzucker. Sie können die Torte jedoch auch warm mit ☞ Vanillejoghurt servieren. In diesem Fall ist das Bestreuen mit Staubzucker nicht geeignet, denn dieser würde schmelzen.

Als Variation können Sie halbierte und entkernte Zwetschken verwenden.

Die meisten herkömmlichen Backrezepte sind sehr zuckerreich. Sie können aus alten Kochbüchern oft problemlos bis zu 1/3 der angegebenen Zuckermenge streichen.

Stachelbeerstrudel

Menge für 2 kleine Strudel

250 g Weizen- oder Dinkel(vollkorn)mehl
1 Packung Topfen mager, 10 % F.i.T. (250 g)
250 g Butter (oder Margarine)

350 g Äpfel
750 g Stachelbeeren
2 EL Zucker

(Vollkorn)mehl zum Auswalken
1 Ei zum Bestreichen

Backpapier oder Fett für ein Backblech
evtl. Staubzucker zum Bestreuen

Geben Sie das Mehl und den Topfen in eine Schüssel und fügen Sie die Butter in Würfel geschnitten dazu. Mit den Knethaken der Küchenmaschine oder des Mixers alles zu einem festen Teig kneten und bis zur Weiterverarbeitung zugedeckt in den Kühlschrank stellen.

Die Äpfel werden geschält und in feine Scheiben geschnitten. Waschen und putzen Sie die Stachelbeeren und vermengen Sie diese mit dem Zucker und den Äpfeln.

Teilen Sie den Teig in 2 Teile und rollen Sie diese auf einer bemehlten Unterlage zu je einem dünnen Rechteck (ca. 25 x 30 cm) aus. Achten Sie darauf, die Fläche gut zu bemehlen, der Teig klebt sonst an und reißt! Jeweils die Hälfte der Fülle auf dem mittleren Drittel des Rechtecks der Länge nach verteilen, oben und unten 4 cm Platz lassen und den Teig oben und unten einschlagen. Dann die Seitenränder etwas überlappend einschlagen. Legen Sie die Strudel auf das befettete oder mit Backpapier ausgelegte Backblech, sodass die Naht unten liegt. Bestreichen Sie beide Strudel mit dem verquirlten Ei. Bei 200 °C im nicht vorgeheizten Backrohr ca. 25 Minuten backen.

V Versuchen Sie aus dem Teig auch kleine Tascherln mit Marmelade- oder Obstfüllung zu formen.

i Wenn es schnell gehen muss, können Sie auch fertigen Tiefkühl-Strudelteig (200 g) verwenden. Ist Ihnen die Fülle zu feucht (z.B. wenn Sie aufgetaute Stachelbeeren verwenden und diese viel Saft lassen), können Sie (Vollkorn)semmelbrösel oder geröstete Flocken auf den Teig streuen und erst dann die Fülle darauf verteilen oder statt des Zuckers Gelierzucker verwenden.

Gugelhupf

Menge für 1 Gugelhupf
zum Tiefkühlen geeignet

4 Eier
150 g Butter (oder Margarine)
120 g Zucker oder Honig
1 Packung Vanillezucker
50 g Rosinen, ungeschwefelt, gewaschen
400 g Weizen(vollkorn)mehl
1 Packung Backpulver
etwas Salz
1/4 l Milch

Fett und (Vollkorn)mehl für eine Gugelhupfform
evtl. Staubzucker zum Bestreuen

Trennen Sie die Eier in Dotter und Klar. Butter, Zucker, Vanillezucker und Dotter werden schaumig gerührt, danach die Rosinen einrühren. Vermengen Sie das Mehl mit dem Backpulver und schlagen Sie Eiklar mit Salz zu festem Schnee. Abwechselnd 2/3 der Mehlmenge mit der Milch in die Butter-Dotter-Zucker-Masse einrühren. Heben Sie das restliche Mehl mit dem Eischnee unter. Den Teig in die befettete und bemehlte Form füllen. Bei 180 °C im nicht vorgeheizten Backrohr ca. 50 Minuten backen.

Bestreuen Sie den Gugelhupf nach dem Auskühlen dünn mit Staubzucker.

Diesen Kuchenteig können Sie nach Belieben variieren, z.B. indem Sie Kokosflocken, Schokoladestückchen oder Orangeat hinzufügen bzw. die Hälfte des Teiges mit Kakaopulver dunkel färben und abwechselnd (esslöffelweise) in die Form füllen.

Das Mehl kann auch mit Buchweizenmehl oder mit Hafer(vollkorn)mehl vermengt werden. Dabei können Sie jeweils ca. 150 g Weizen(vollkorn)mehl durch die anderen Mehlsorten ersetzen.

Mehlreste (z.B. von den ☞ Überbackenen Buchweizen-Dinkel-Palatschinken) finden hier unbemerkt eine sinnvolle Verwendung.

Rosinen und andere Trockenfrüchte werden zur Konservierung „geschwefelt". Im Naturkostladen finden Sie auch ungeschwefeltes Trockenobst. Da manche Kinder auf geschwefelte Trockenfrüchte Unverträglichkeitsreaktionen zeigen, sollten Sie herkömmliche Rosinen jedenfalls kurz in warmem Wasser waschen!

Obsttorte

Menge für 1 Torte
für Feste
vielseitig

2 Eier
40 g Zucker
etwas Salz
40 g Weizen(vollkorn)mehl
Fett und (Vollkorn)mehl für eine Obsttortenform

Marillenmarmelade zum Bestreichen
1/2 kg Früchte der Saison
evtl. Staubzucker zum Bestreuen

Trennen Sie die Eier in Dotter und Klar. Dotter mit Zucker ca. 5 Minuten schaumig rühren. Am wichtigsten bei der Zubereitung eines Biskuitteiges ist das Rühren. Schlagen Sie Eiklar mit etwas Salz zu steifem Schnee. Schnee und Dottermasse werden vorsichtig vermengt, dann wird das Mehl untergehoben. Füllen Sie die Masse in eine befettete und bemehlte Form. Bei 220 °C im vorgeheizten Backrohr ca. 10 Minuten backen.

Stürzen Sie den Boden aus der Form und bestreichen Sie ihn dünn mit Marillenmarmelade, danach können Sie ihn mit Obst belegen. Die Torte mit wenig Staubzucker bestreuen und servieren.

Wenn Sie die Torte nicht gleich verzehren möchten, können Sie eine Schicht Tortengelee über das Obst geben. Nehmen Sie dazu 1 Packung Tortengelee, 3 EL Zucker und 1/4 l Wasser, evtl. den Saft einer 1/2 Zitrone und bereiten Sie das Gelee nach Packungsanweisung zu.

Ⓥ Eine von Kindern geliebte Variante: Bestreichen Sie den Boden nicht mit Marmelade, sondern mit etwas Vanillepudding oder Schlagobers. Legen Sie die Früchte dann darauf. Für Überraschungen (z.B. auf Geburtstagsfesten) sorgen Sie, wenn Sie die Früchte unter dem Vanillepudding oder dem Schlagobers verstecken.

ⓘ Der Biskuitteig ist ein Kuchenteig, der schnell zubereitet und auch schnell gebacken ist. Der Teig eignet sich gut für den spontanen „Kuchengusto" (☞ Biskuitroulade, ☞ Biskuittorte).

Biskuittorte

Menge für 1 Torte (24 cm Durchmesser)
vielseitig

5 Eier
100 g Zucker
etwas Salz
100 g Weizen(vollkorn)mehl

Backpapier oder Fett und (Vollkorn)mehl für eine Tortenform

Trennen Sie die Eier in Dotter und Klar. Rühren Sie die Dotter mit Zucker ca. 5 Minuten schaumig. Am wichtigsten bei der Zubereitung eines Biskuitteiges ist das Rühren. Das Eiklar wird mit etwas Salz zu steifem Schnee geschlagen. Vermengen Sie Schnee und Dottermasse vorsichtig, das Mehl unterheben und auf eine mit Backpapier ausgelegte Tortenform oder in eine befettete und bemehlte Form füllen. Bei 180 °C im vorgeheizten Backrohr 25 bis 30 Minuten backen.

Lassen Sie die Torte nach dem Backen etwas auskühlen. Schneiden Sie sie dann 1- oder 2-mal waagerecht durch. Füllen Sie die Torte mit den verschiedensten Marmeladen, Cremen oder Früchten.

Hier ein kalorienreicheres Beispiel: Bestreichen Sie die Tortenhälften dünn mit Marmelade. 2 Bananen in Scheiben schneiden, mit wenig Zitronensaft marinieren und auf die untere Tortenhälfte legen. 2 Becher Schlagobers (1/2 l) werden mit etwas Zucker steif geschlagen, eine dünne Schicht Schlagobers über die Bananen geben, die zweite Tortenhälfte wieder aufsetzen. Verteilen Sie das restliche Schlagobers auf der Torte und den Seitenrändern. Bestreuen Sie das Schlagobers noch mit Schokostreusel und verzieren Sie mit Schokolinsen.

Die Form lässt sich beliebig variieren, z.B. als Osterlamm oder Bärenkuchen. Die Menge muss aber gegebenenfalls an die Formgröße angepasst werden. Dies ist ganz einfach, denn der Biskuitteig ist ein Kuchenteig aus einer vielfach genommenen Grundmasse. Sie bestehen aus: 1 Ei, 20 g Zucker, 20 g Weizen(vollkorn)mehl, etwas Salz (☞ Biskuitroulade, ☞ Obsttorte).

Biskuitroulade

Menge für 1 Biskuitroulade
vielseitig

6 Eier
120 g Zucker
etwas Salz
120 g Weizen(vollkorn)mehl

Backpapier für ein Backblech

etwas Staubzucker zum Bestreuen
Marillen- oder Ribiselmarmelade zum Bestreichen

Zubereitung des Teiges siehe ☞ Biskuittorte. Der Kuchenteig wird ca. 1 bis 2 cm dick auf ein Backpapier gestrichen und bei 220 °C im vorgeheizten Backrohr ca. 10 Minuten gebacken. Bestreuen Sie ein sauberes Geschirrtuch mit Staubzucker und legen Sie den Teig mit dem Backpapier nach oben auf das Tuch. Backpapier vorsichtig abziehen, evtl. das Backpapier vorher mit einem Tuch befeuchten. Bestreichen Sie die noch warme Kuchenmasse mit Marmelade. Mit Hilfe des Tuches wird die Biskuitroulade möglichst eng eingerollt.

Ⓥ Wenn Sie eine Fülle haben wollen, die nur auf der ausgekühlten Roulade aufgestrichen werden kann (z.B. mit der Topfencremefülle der ☞ Buchweizenpalatschinken, mit Eis oder – kalorienreicher – mit gesüßtem Schlagobers und klein geschnittenen Erdbeeren), dann müssen Sie die Roulade mit dem Tuch eng einrollen und so auskühlen lassen, bevor die Roulade gefüllt werden kann (☞ Biskuittorte, ☞ Obsttorte).

Abkürzungen:

EL	Esslöffel (1 EL entspricht ca. 10 g oder 10 ml)
TL	Teelöffel (1 TL entspricht ca. 5 g oder 5 ml)
kg	Kilogramm (1 kg entspricht 1000 g)
g	Gramm
l	Liter
ml	Milliliter (1 l entspricht 1000 ml)
TK	Tiefkühlware
evtl.	eventuell
ca.	circa
IBCLC	International Board of Certified Lactation Consultant

Wörterbuch

Brösel, Semmelbrösel	Paniermehl
Eidotter	Eigelb
Eiklar	Eiweiß
Erdäpfel	Kartoffeln
Essiggurkerl	Gewürzgurke
Faschiertes	Hackfleisch, Gehacktes
Fisolen	Grüne Bohnen, Busch-, Stangenbohnen
Fleischlaberl	Frikadelle, Hamburger
Flotte Lotte	Passiersieb
Germ	Hefe
Grüner Salat	Kopfsalat
Gugelhupf	Napfkuchen
Gurke	Salatgurke
Hamburger Speck	durchwachsener Speck
Heidelbeeren	Blaubeeren
Holler/Holunder	Holunderbeeren
Jause	Zwischenmahlzeit
Karfiol	Blumenkohl
Karotte	Möhre

Laibchen	Bratlinge, Hamburger
Lauch	Porree
Marille	Aprikose
Orange	Apfelsine
Palatschinken	Pfannkuchen, Omletten
Paradeiser	Tomate
Polenta	Maisgrieß
Pürree	Mus, Brei
Rahm	Sahne
Ribisel	Rote Johannisbeere
Rote Rüben	Rote Beete, Randen
Sauerrahm	saure Sahne
Schlagobers	Schlagsahne
Semmel	Brötchen
Spagat	Schnur
Staubzucker	Puderzucker
Striezel	Hefezopf
Sugo (Tunfisch Sugo)	Spaghettisauce (mit Tunfisch)
Suppe	Brühe
Tuchent	federgefüllte Bettdecke
Topfen	Quark
Tortenform	Springform
Vogerlsalat	Feldsalat, Nüsslisalat
Weißkraut	Weißkohl, Weißkabis
Weckerl	längliches Brötchen
Zwetschke	Pflaume, Zwetschge
Zwetschkenröster	dickes Pflaumenkompott (mit etwas Essig gekocht)

Weiterführende Literatur

Essen und Trinken – Kinderwunsch, Schwangerschaft und Stillzeit" (1. Aufl.), I. Hanreich, Verlag I. Hanreich 2006, € 16,50, CHF 30,00. http://www.kinderkost.com

„Essen und Trinken im Säuglingsalter" (4. Auflage), I. Hanreich, Verlag I. Hanreich 2006, € 16,50, CHF 30,00. http://www.kinderkost.com

„Rezepte und Tipps für Babys Beikost" (4. Auflage), I. Hanreich und B. Macho, Verlag I. Hanreich 2005, € 15,00, CHF 27,30. http://www.kinderkost.com

„Essen und Trinken im Kleinkindalter" (3. Auflage), I. Hanreich, Verlag I. Hanreich 2005, € 16,50, CHF 30,00. http://www.kinderkost.com

„Coole Rezepte für Jausen, Pausen und Feste" (1. Aufl.), I. Hanreich und B. Macho, Verlag I. Hanreich 2003, € 15,00, CHF 27,30. http://www.kinderkost.com

„Joghurt, Käse, Rahm & Co" (2. Auflage), I. Hanreich und L. Hanreich, Stocker Verlag 2003, € 15,80, CHF 27,50. http://www.stocker-verlag.com

„Einstieg in die Vollwertkost", Johanna Wolfsberger, € 15,70. http://www.johannas.biokueche.at

Buchbestellungen der 6 erstgenannten Bücher richten Sie bitte in Österreich an den Verlag I. Hanreich, in Deutschland an Frau Dipl. oec.troph. Ehrentraud Hansen, in der Schweiz bitte an Frau Sonja Schär (☞ Adressverzeichnis).

Adressverzeichnis

Ernährungsinformationen für Mutter und Kind

Österreich

Informationskreis Kind und Ernährung (IKE)

Eltern-Hotline für Mitglieder: di & do von 9.00 bis 11.00 (Mitgliedsbeitrag € 14,00/Jahr)

Esterhazygasse 7/2, A-1060 Wien,

Tel.: (+43 1) 504 28 29-3, Fax: (+43 1) 504 28 29-4,

E-Mail: office@informationskreis.org

Internet: http://www.informationskreis.org

Buchbestellungen

Österreich, europäische Länder

Verlag I. Hanreich – Verlag und Vertrieb in Österreich

Esterhazygasse 7/2, A-1060 Wien,

Tel.: (+43 1) 504 28 29-1, Fax: (+43 1) 504 28 29-4

E-Mail: verlag@kinderkost.com

Internet: http://www.kinderkost.com

Deutschland

Dipl. oec.troph. Ehrentraud Hansen – Vertrieb in Deutschland

Maasbüllhof 1, D-24975 Maasbüll,

Tel.: (+49 4634) 93 04 55, Fax: (+49 4634) 17 25

E-Mail: ehrentraud.hansen@kinderkost.com

Internet: http://www.kinderkost.com

Schweiz

Sonja Schär, Mütter- und Väterberaterin – Vertrieb in der Schweiz

Lohstrasse 22, CH-8362 Balterswil,

Tel.: (+41 71) 971 49 77, Fax: (+41 71) 971 49 76

E-Mail: sonja.schaer@kinderkost.com

Internet: http://www.kinderkost.com

Biologische Lebensmittel – Information

z.B. Saisonkalender und Anbieter

Deutschland

Bioland Bundesverband
Kaiserstraße 18, D-55116 Mainz
Tel.: (+49 6131) 239 79-0, Fax: (+49 6131) 239 79-27
E-Mail: info@bioland.de

Internet: http://www.bioland.de
Unter http://www.allesbio.de/c_region.htm
bzw. http://www.naturkost.de/nkl/index.htm
sind Direktvermarkter bzw. Naturkostläden nach PLZ sortiert zu finden.

Österreich

Bioinfo
Theresianumgasse 11/1, A-1040 Wien
Tel.: (0810) 22 13 14 (Servicetelefon zum Ortstarif)
Fax: (+43 1) 403 70 50-191
E-Mail: service@bioinfo.at
Internet: http://www.bioinfo.at

„die umweltberatung" Wien
Linzer Straße 16/3. Stock, A-1140 Wien
Tel.: (+43 1) 803 32 32, Fax: (+43 1) 803 32 32-32
E-Mail: service@umweltberatung.at
Internet: http://www.umweltberatung.at

Schweiz

Bio Suisse
Margarethenstrasse 87, CH-4053 Basel
Tel.: (+41 61) 385 96 10, Fax: (+41 61) 385 96 11
E-Mail: bio@bio-suisse.ch
Internet: http://www.bio-suisse.ch

Verein Bionetz
Bärenplatz 2, CH-3011 Bern
E-Mail: info@bionetz.ch
Internet: http://www.bionetz.ch

Südtirol

Bioland Verband Südtirol
Steindlweg 48, I-39018 Terlan
Tel.: (+39 471) 25 69 77, Fax: (+39 371) 25 60 62
E-Mail: info@bioland-suedtirol.it
Internet: http://www.bioland-suedtirol.it

Verbraucherzentrale Südtirol
Zwölfmalgreinerstraße 2, I-39100 Bozen
Tel.: (+39 471) 97 55 97, Fax: (+39 471) 97 99 14
E-Mail: info@consumer.bz.it
Internet: http://www.consumer.bz.it

Merkmale

Schlagwortverzeichnis

Mag. Ingeborg Hanreich hat 1991 das Studium der Ernährungswissenschaften an der Universität Wien abgeschlossen. Sie ist seit 2003 Stillberaterin IBCLC. Als freiberuflich tätige Expertin widmet sie sich vor allem dem Bereich „Ernährung von Mutter und Kind". Sie hält Seminare und Vorträge für Eltern, Hebammen, Säuglingsschwestern, ApothekerInnen und ElternberaterInnen.

Sie war Gründungspräsidentin des Verbandes der Ernährungswissenschafter Österreichs und ist seit 1995 Vorstandsmitglied des Informationskreises Kind und Ernährung (IKE).

Den Verlag I. Hanreich gründete sie 1994. Von ihr darin erschienen sind „Essen und Trinken – Kinderwunsch, Schwangerschaft und Stillzeit", „Essen und Trinken im Säuglingsalter", „Rezepte und Tipps für Babys Beikost", „Essen und Trinken im Kleinkindalter", „Piffige Rezepte für große und kleine Leute" und „Coole Rezepte für Jausen, Pausen und Feste". Als Coautorin hat sie im Stocker Verlag „Joghurt, Käse, Rahm & Co" und im Naturamed Verlag „Ernährung und Gesundheit – Von anderen Kulturen essen lernen" herausgebracht.

Mag. Ingeborg Hanreich

Dipl. oec.troph. Britta Macho hat 1983 das Studium der Ernährung und Hauswirtschaft an der Fachhochschule Niederrhein abgeschlossen. Seither ist sie als Ernährungswissenschafterin in Österreich tätig. Sie blickt auf jahrelange Lehrtätigkeit (Ernährungslehre, Kochen) zurück. Freiberuflich tätig, hält sie Vorträge und Seminare und entwickelt Speisepläne und Rezepte für Kindergärten.

Seit 1995 ist sie Vorstandsmitglied des Informationskreises Kind und Ernährung (IKE).

Als Mutter von zwei Kindern erprobt sie laufend Rezepte und zahlreiche Tipps und Tricks sowie die praktische Umsetzbarkeit von Empfehlungen der Bücher des Verlages I. Hanreich. Aus ihrer Feder stammen zahlreiche Rezepte der Bücher „Rezepte und Tipps für Babys Beikost", „Pfiffige Rezepte für kleine und große Leute" und „Coole Rezepte für Jausen, Pausen und Feste". Ihre persönliche Webseite finden Sie unter http://www.brittamacho.at.

Dipl. oec.troph. Britta Macho

Ihr Informationsvorsprung in Sachen Kinderernährung

Der Informationskreis Kind und Ernährung ist ein gemeinnütziger, unabhängiger Verein der wissenschaftlich fundierte industrieunabhängige und praxisnahe Information und Hilfestellung rund um die Ernährung des Kindes bietet.

Mütter und Väter, aber auch alle, die mit Kindern und deren Eltern arbeiten, wollen über die richtige Ernährung des Kindes fundiert und unabhängig informiert werden.

Daher hat sich eine Gruppe von Ernährungswissenschafterinnen, Ärztinnen und Eltern zum Informationskreis Kind und Ernährung zusammengeschlossen, um Ansprechpartner für Sie zu sein.

Beitrittserklärung

Hiermit trete ich dem Informationskreis Kind und Ernährung (IKE) als unterstützendes Mitglied bei und überweise den Mitgliedsbeitrag von € 14,00 auf das PSK-Konto Nr. 92074697, BLZ 60000 lautend auf Informationskreis Kind und Ernährung.

____

Name

____

Straße

____

PLZ/Ort

____

e-mail   Datum/Unterschrift

Meine oben angeführte Adresse stelle ich nur für IKE-interne Zwecke zur Verfügung, keinesfalls dürfen diese Angaben an andere Institutionen oder Firmen weitergegeben werden. Ich verpflichte mich bei Adress- und Namensänderung den IKE umgehend zu informieren.

Was bietet Ihnen der Informationskreis?

Der Informationskreis Kind und Ernährung bietet seinen unterstützenden Mitgliedern um € 14,00/Jahr ganzjährig Zugang zu unserer Hotline für Ernährungsfragen von Mutter und Kind:

dienstags und donnerstags
von 9.00 Uhr bis 11.00 Uhr
unter der Telefonnummer (01) 504 28 29-3

Weiters bieten wir für Mitglieder kostenlos verschiedene **Merkblätter** zu häufig gestellten Ernährungsfragen, z.B. über Kalziumversorgung ohne Milch oder Eisenversorgung bei fleischloser Ernährung.

Außerdem erhalten Sie einmal jährlich unser Mitteilungsblatt **IKE-News**.

Bei Spezialfragen und Problemstellungen helfen wir Ihnen gerne im **persönlichen Gespräch** weiter.

Wir senden Ihnen nach Erhalt des Mitgliedbeitrags u.a. folgende Merkblätter zu:

- ❍ Säuglingsernährung bei erhöhtem Allergierisiko
- ❍ Säuglinge fleischlos ernähren
- ❍ Kuhmilchallergie und Kalziumversorgung
- ❍ Kreuzreaktionen bei Allergien auf Sellerie, Karotte & Co
- ❍ Ernährungsempfehlungen für Kinder mit Down-Syndrom
- ❍ Aufbewahrung von Muttermilch
- ❍ Ernährung von Frühgeborenen
- ❍ Gesunde Schuljause

Fax: (01) 504 28 29-3, www.informationskreis.org

Bitte
ausreichend
frankieren

IKE
Esterhazygasse 7/2
A-1060 Wien